John O'Brien

Leaving Las Vegas

离开拉斯维加斯

[美]约翰·奥布莱恩 著

梁永安 译

作家出版社

献给丽莎

她在近距离见证

目

录

— 001
樱桃

— 068
酒吧

— 122
柠檬

— 139
李子

樱

桃

🔘

　　莎拉一面从红绿两色塑料杯吸孔里啜着淡咖啡，一面打量有哪里可以坐下。她东逛西逛了至少两个小时，想要休息得不得了。平时她可不敢在7-11前面待这么久，但人行道边沿看起来很高很好坐，而且最近刚涂上一层红色油漆，不是太脏。她一屁股坐在冰冷的路沿上，双手抱膝，把头埋到了双臂之间那个隐秘的小黑洞里。顺着从大腿间透进来的光线看过去，是皮革短裙仅仅遮住的黑色蕾丝。

　　她向后甩头，深色棕发披散在肩膀上，被一辆开过的阳光巴士的气流牵动得飞舞起来。嵌着窗户的巴士侧面开始转弯，消失在一团黑色废气中。便利店亮闪闪的招牌若隐若现反射在她刚涂不久的口红上，但招牌微弱的荧光无法温暖或照亮位于它下方的这张楚楚动人的脸。她稍微将双腿往前伸，两个手肘往后靠，黑色的西装外套随即敞开，露出仅有蕾丝背带式内衣包裹住的小小胸部。毫无遮住胸部的打算，她转过头去，用墨绿色的眼睛——它们受到涂满睫毛膏的长睫毛保护——来回扫视拉斯维加斯大道。

她反复哼唱着一段未提炼过的旋律：达嗒达嗒达奇嗒，达奇克，达奇克，拾卡……这是用她在赌场休息室无意听到的音乐片段组合而成，虽然几乎没有哼出声，这旋律却好像在引导着她四周的交通，迫着街上的喧嚣声随她脑子里的起伏旋转汇为一首交响曲。马路对面——还没有被寒冷或毒品占领——是一处停了工的工地，里面到处都是正在盖高楼的骨架状起重机，样子自命不凡，安安静静，对她表示不确定的嘉许。夜为它披上蓝绿两色外衣。它不知道自己从何而来。它将会姑且相信她。它将会在她和一车同伴进行漫长艰苦的旅程时陪伴着她。莎拉双臂柔弱，但她的脉搏强壮。她猛地合嘴，闭上双唇，等待客人上门。

温暖的气流刮过一座看不见的迷宫。莎拉看着小小个的尘埃龙卷风此起彼落，夹带着一片片的垃圾。她在钱包里找到了一块锡箔纸包裹的湿餐巾，估计是哪次吃快餐时剩下的。她打开它，小心翼翼把它塞进内衣里擦了擦胸部，然后又擦了擦颈背。远处若隐若现有一座丘陵，又或是一座山，要不就是她想太多了，其实什么都不是。

这时她看到一个醉汉在附近的人行道上跌跌撞撞地朝东走去，突然一下子就倒在了她面前。他一动不动地躺着，莎拉感到些许不安。

"嗨！你还活着吗？"她问道。

他没有回答。她知道他八成只是醉倒，现在她得赶在警察来把他弄走前离开。

她又试了一次："嗨，你最好在警察来之前起来。想要我帮你吗？"

醉汉呻吟着发出了类似不的声音，开始动了起来。她为他感到尴尬，视线看往别处。等她瞄了一轮街上有没有警察再转过头来的时候，他已经走了。

他表明了意向，就这么向前地移动，保持着一定会毁灭他们两人至少其中之一的切线轨迹①。他的未来有一瓶酒（也大概很快会喝上一杯），位于切线上的其他地方。莎拉是一个圆，周长二十九岁。

小时候住在东部，现在她在这里生活。她在洛杉矶也待过，但她听说这里的生意最好，所以希望留在拉斯维加斯。她来了已经够久，以致在自言自语时会将这里称为家。她

① 与一个圆只有一个交点的直线称为这个圆的切线。——译注（本书所有注释均为译注。）

依旧聪颖——事实上在经历过一番磕磕碰碰后变得更聪颖了。她小心翼翼地闯出了一条属于自己的路，而这条路恰巧与本地的喧嚣热闹政策完美相符。虚构中妓女的艰辛绝望生活——如果她真有领略过的话——现在早已远离了她：艰辛与否其实是可以管理的，绝望的人事实上并不少见。不管怎样，她可以应付得来。人生在世总是有一些灰暗的东西，但她现在过得很好——如她所愿的那样。

她能套出她接过的大部分客人的大部分底细：这是最难的部分，但也是最棒的部分。他们不虞有他，心思集中在即将来临的射精，极少意识到他们在琐碎的交谈中泄漏了自己的身份。那种人人皆知的、浮夸的和武断的成就定义离莎拉很遥远。她在客人操她的时候看穿他们。有时她找这些家伙聊天，有时这些家伙主动和她聊天。这是好事。

她站了起来，拿着用过的湿纸巾向垃圾桶走去，中间停下来捡起一张被风刮到 7-11 停车场的奶油夹心饼干包装纸。

她是好货色，精于此道。总是有男人愿意为了用她而付她钱。客人们喜欢她，因为她浑身闪烁着一种总是在自我审视的高冷吸引力。他们选择了用购买来消除欲火，选择购买不会有假的胯下承诺，而她则带着总是能够达成目的的技能和他们展开讨价。无论上一次工作是什么时候，她都会军火齐全地为客人的特殊癖好服务，一瞬间就能进入最佳状态，滴水不漏地掌控全局。她的客人总是静悄悄地离开：协定里所有可能隐含的条款都已被履行，他们的不满足重担从而得以充分地卸下。

来找她的大部分男人虽然有若干的共同点，但外表和性情各不相同。他们都知道自己想要什么，然后采取步骤来满足这个需要。从不会对自己的男性雄风有所怀疑，他们——或者逐渐接受或者不当回事——来到这里将欲望和金钱合逻辑地连接在一起。他们能把一百块钱换成租用女性胴体三十分钟的时间，并且完全按照这种转换之所是看待它：一桩生意而不是一个深刻的评论。许多人是在为自渎寻找燃料，寻找一个可以循环利用的亮点，一段可以为性幻想勾勒大纲的具体经验。这些男人全都很高兴有机会以完全坦诚的方式和一个女人在性事上发生关系。把性行为中一切的潜在不便留在家中（这种不便是他们许多人自找的），他们现在来到一个干净的环境对性提出要求，不管得到与否都不会对整个大环境带来危险。他们是在做汽车保养。他们将解决方法最大化，将困难最小化。他们要找她的理由整体来说是相似的，只是细节上有所不同。莎拉转过身，走到街上，迎向慢下来的汽车，迎向打招呼的动作，迎向搭讪。

就像得到暗示一样，她向一辆正在摇下前车窗的汽车探身。她没有站得很近，但凭着幻术师似的本领，她能够让司机相信她离得非常近。就像一贯的那样，她悬着一颗心，脸上挂着一个算好大小的微笑说："嗨！"这个男的应该没问题。他大概五十岁，有点紧张，经常洗澡，虽然相当没吸引力，但眼神友善。她歪下头，瞥见后车窗上反映着红绿两色的便利店招牌，然后颇不专业地咯咯笑着说："你来这里是想要干点什么打发时间吗，还是只是想喝杯思乐冰？"

他挤出一个微笑（这显然不在他自己的意料之中），说道："唔……对。喝一杯思乐冰……要多少钱？"说完抽动嘴角，露出一个更大的微笑：他决定继续演下去。

莎拉决定不再打比喻以免把事情搞砸。她紧闭双唇，上下打量一番，然后像少女般眨了眨眼睛轻声说道："一百块钱。最多一小时……哪间酒店？"

他说了一间颇为有名和俗丽的酒店的名字，并对此颇为得意，而莎拉几乎可以同一时间用嘴形复述这个名字。他咳了咳，再次感觉微微不舒服，然后问道："唔……都包括什么？我是说你会干些什么？"

"如果我没猜错，你应该是希望我干任何你想要我干的事吧。"这时，她意识到他们已经堂而皇之地这样耗了太久，便迅速向四周望了望，悄声说道："我们最好快点达成协议。"

"九十块。"他脱口而出。真是个行家。

她对他很满意，给他一个满分的 A。"好。那你一定会高兴知道我有可以把一百元钞票找开的零钱。"

他伸长手推开右边车门，莎拉钻进了车内。开到酒店前，他们讨论了卖淫、黑种女人和他的几个孩子——就是按这个顺序讨论的。在离 7-11 一条街之外，有一辆黄色"奔驰"停在一辆银色露营车的阴影里，挂着已经过期的不列颠哥伦比亚车牌。车里坐着个皮肤蜡黄的男人，他让人感到形单影只。

因为出电梯后转错了方向，他们经历了一番曲折才去到客人所住的十一楼房间。莎拉躺在相当凹凸不平的床垫上面，感觉着阴道里熟悉的摩擦感。她盯着天花板看，像灵魂出窍一样，根本没法将精神集中在那个在她上面起伏的中年男人身上。不过她也知道他不是那种会觉察或是在意这种事的人。再两三分钟他就会高潮，然后将她从他的夜晚匆匆拂去。讲实际而不过分粗鲁——他这种类型的人正是她的金主。不过，当她在他车里听到他笑着夸她美的时候，她有那么一瞬仍然不由自主地脸红起来。

当他长着雀斑的肩膀有节奏地在她下颌旁边上上下下的时候，她想起了几年前在洛杉矶西方大道和日落大道交界处遇到的另一个恩客。（他斯文而有礼貌，他们很快就谈定价钱。等他停好车，她把他带到在街的另一边专供这种用途的房子去。一踏进貌似起居室的厅间，她就授意他给坐在沙发上看电视的胖墨西哥人二十块钱。他给了钱后，墨西哥人指了指他们身后空婴儿床旁边开着的门。莎拉带着男人走进指定的房间，只见有四五个衣衫不整的幼儿在地毯上爬来爬去，哭哭啼啼。他们小心翼翼地绕过他们。房间里有一张梳妆台，并且意想不到地还有一张床——是一张货真价实的床，而不是什么折叠床。在收好了新到手的一百块钞票后，她脱去了衣服。他早已经躺着，准备就绪了。她给他吮吸了几分钟后帮他戴上套子，再让下体滑进去。二十分钟后响起敲门声，但他还没高潮。莎拉莫名地觉得有些内疚，提议免费加时十分钟，但他只是说了声谢谢，拒绝了她的好意。一路下来他几乎一言未发，等他穿好衣服后，莎拉让他抱抱和亲吻她的脸颊。他给了她另外一百块，作为小费，然后回车上去。她很高兴收到额外的钱，因为在这之后她真的想要不再工作一段时间了。）

男人射了精，射精时用一只发白的手死命抓住床垫，另一只手抓住莎拉。然后他从她身上翻下来，一动不动地躺着，等待身体中的动荡平息下来。她猜，过不了几年，每逢这种时候他都会暗暗害怕，想象自己的手臂和胸口隐隐作痛。莎拉现在比在好莱坞那阵子年纪要大，也更疲惫了。她生活的世界还没有被宣判死刑的性病[①]所污染，所以只会偶尔坚持要客人戴保险套——至于什么时候坚持，全凭她的判断、经验和直觉。她伸手到附近拿了一条毛巾，夹在两条大腿之间走进浴室。清洗干净和穿戴完毕之后，她和客人道再见，推门离开。

---

① 可能指艾滋病。

她朝发亮铜镶板中自己的倒影微笑，电梯一直降至底层。电梯门一打开，赌场四季不辍的嘈杂声扑面而来。这种嘈杂声中蕴含着诗意，使莎拉迄今未感到厌倦。她走路的样子得体，但还是在大休息室里被人看出底细。一个男人在她面前举着两个黑色小圆片，挡住了她的去路。此人留着精心修剪的长指甲，眼神冷酷，肚子肥得流油。两个一百块钱的筹码被分别拿在他的两只手里，就举在莎拉的鼻子前面，看来像是要施催眠术。接着，他无视往来经过的人，慢慢放低双手，将筹码按压在了莎拉的乳蒂上，一边一个。她面露苦笑，视线紧追他手部的动作，然后继续盯着他的双手看，最后气氛变得很僵和让人不自在。

"你没事吧？"男人问道，说着放下了双手，"你罢工了吗？"他觉得自己这话好玩，大笑着走开。这笑是要让所有可能看到这一幕的人都觉得他才是掌控全局的那一个。

（她忍不住。先前他为大家买来啤酒，而她喝了超过自己的份。但这根本不管用，因为当轮到她时，她紧张得直接尿在了他手上。他气得要命，看起来好像要打她一样，但是没有打。

他停下来环顾她们，她的女朋友们都在笑他。于是他把手从裤子里面拿出来，走回停车场前面的空地去。莎拉对于把事情搞砸了感到抱歉，他离开时脸上那种好像刚被揍一顿的表情让她感到更抱歉。）

"好个可爱的小客人。"另一个好色的出租车司机在莎拉上车后和颜悦色地说。他一面聊着上一个乘客,一面送她回她喜欢工作的那个赌城大道路段。

今晚又是一个毫发无伤的夜晚,她感到心情大好,愿意尽情回应司机的话题。他们的谈话是标准货色,内容不离吃喝拉撒睡。她能一直这么说下去,直到永远。她在她的种族里是罕有的人,在她的阶级内更是罕有:她可以够得着其他人大费力气仍然够不着的东西。她得天独厚。

下出租车后,她向大街上瞥了一眼,立刻就看到她之前注意到的那辆黄色"奔驰"。就在这时,车子急速倒车,飞快地离开了她的视线,轮胎因为和人行道边缘激烈摩擦而发出尖啸声。抗议喇叭声在渐行渐远的内燃机的哮声中响起。

这是个坏得不能再坏的消息,因为她一度认识一个喜欢开"奔驰"汽车和有业余监视癖的人——这个人潜伏在她的过去,也大有可能还潜伏在其他地方。她放眼张望,视线内只看见一个女孩,而对方早先并不在那里,现在也没有显得很有戒备心理。此外,就莎拉所知道,那辆车是紧接在一件事情之后匆忙离去的:在她明显地盯着它看之后。

她又看了银色露营车旁边的空地一眼,便将这件事抛诸脑后,注意力转回到眼前的工作上来。不管怎样,那辆"奔驰"——黄色的"奔驰"①——和她过去认识的那辆镀金的

---

① 黄色的"奔驰"被认为较不入流。

土豪天价车根本不在一个档次上。况且，对在赌城大道上工作的女生来说，被神经兮兮男人或寻求廉价快感的自渎者窥视几个小时根本不算稀奇事。

（"这就是你的命，莎拉！我说这就是你的命！"

她近乎饥渴地等待着那把刀，那块即将会割入她肉中然后留在肉中的金属。这大概正是她想要的，因为经验教会她，有开始的事也会有结束。她脸朝下，咬住了枕头。

"莎拉！"他喊道。他现在在哭，还流下了眼泪。

但她宁愿全神贯注地感受温暖的、流淌着的血。它看来是两种体液中较简单的一种。）

赌城大道渐渐沸腾起来，就好像中西部人在欢迎他们全新发现的凌晨玩法一样。莎拉其实没必要待在这里，因为她今晚已经赚够了钱，够明天赌一整天。但在固定钟点工作已经成了她的习惯，如果深夜两点之前回家，她就会感觉哪儿有点不对。她决定再接一个客人就回家淋浴去。这时候正好有三个中学男生朝她走过来，每个都穿着带数字的运动衫，手里拿着随处可见的喜力啤酒。

"我们几个操你的话要多少钱？"个子最高的那个在其他两人的窃笑声中问道。他衣服上面的数字是十六——她猜他的年龄比这要小三岁。

莎拉把脸转向了一边，然后开始扣她的西装外套。"不好意思，我不知道你们在说什么。不过我一次只约会一个人。"她说。

"别这样，我们有钱。迈克，让她看看。""十六号"说。他双手始终插在裤子后口袋里，用下巴向他的伙伴示意。

"十二号"打开自己的皮夹给她看，里面有几张百元大钞。她知道这些大钞本应是爸爸皮夹里面的。当然，整件事情也有可能是爸爸的主意。（俱乐部更衣室里传来这样的对答："弗兰克，你儿子呢？""他呀，我打发他到赌城去学我唯一不能教他的事儿了，查理！"）她意识到这不是个好主意，不过她还是吞饵了。

她口中啧啧作响，像个不以为然的妈妈，然后问道："你们几个小伙子想花多少钱？"

"十六号"的脸色一下子明亮起来，但他控制住了自己。开始真刀真枪谈价钱之后，他之前的吹嘘①并没有像他担心的那样让他感到尴尬。来真的了："你想要多少？一小时两百怎么样？"他的意思是：钱不是我的。

"你朋友不会说话吗？"她不由得有点生气，觉得这个家伙脸皮也太厚了。这可不是个好主意：他们最后准会很不喜欢她，也许还会因为她而苛待街上的其他几百个女人。"三百块半小时吧。"

"一小时三百块。""零号"说，第一次开口就抓住了逻

---

① 指他炫耀"我们有钱"。

辑上的下一个选项。他说话是个错误。虽然她的举止让他感到自在，他还是能听出自己的声音在发抖，于是决定不再开口。

"三百块钱，时间多少让我们走着看吧。"莎拉说。她纳闷他们三个会不会还都是处男。其中肯定有一个是，她敢打赌这是某种为了他而举行的仪式。

他们都点了点头，"十二号"开始带着某种沮丧的神态拿出钱数给她。他没料到事情会这么顺利，本来还指望不用替领头的大男生出钱，可以拿这些崭新的钞票另作别用。

她用手势挡住他的钱，问道："你们的房间在哪儿，哪间酒店？"

他们告诉了她。那是一家小汽车旅馆，离这里不远。对她来说不是顶安全，但她现在没法理性地去怀疑他们。不管怎样，他们现在都觉得他们的朋友厉害，而他则因为得到了大家的爱戴，看起来容光焕发。她实在不忍心拒绝他们。

"我十五分钟内去找你们。"她说，"你们可以到时候再付钱。你们何不在等我的时候洗个澡？"

"十五分钟洗个澡？""十二号"用哭腔说。

"你们没住过宿舍什么的吗？你们总洗过战斗澡吧？难道你们从没有过一天晚上约会两次的吗？"——现在大家都笑了起来——"听好，我一次只会和你们一个人做。听到了吗？明白了吗？"——大家都点点头——"那么，另外两个可以在我在那儿的时候洗澡。"接着她突然闭了嘴,盯着他们看,表示谈话结束了。

他们咯咯笑着走开了。莎拉走进商店,买了一瓶啤酒来帮助自己决定是否真想做这桩买卖。不过她还是准时去到他们的门前。"十六号"穿着短内裤开门。她一进屋子里就觉得有点不对劲,打算转身离开,但"十二号"把三百块钱塞给了她。虽然第六感要她离开,但她还是留了下来,并且开始脱衣服。这时"零号"从浴室走了出来,看起来面色十分苍白。

"谁先?"她问道。

(在所有女生当中,她总是第一个出去。等她回来的时候,她们还在看电视和笑,有些在做爱。

"这是因为我最爱你。"他说,"所以我让你最勤奋地工作。")

男孩们互相看了看,然后又看了看她。他们看起来好像是在确定彼此的相对位置。她不愿这么想,但她以前经历过相似的情景。她还是无法相信这些家伙会是危险人物。

"吉姆,我想操她后面。""十二号"说,满怀希望地看着吉姆,"你也想,对不对?"

"门儿都没有,"她说,"没人可以那么做。你们都按正常的来,一次一个。如果你们想要,我就给你们吮吮,但就那么多。不然我就走了。"情况变得有点失控。我感觉得到事情正在快速演变，她心想。

"吉姆，你说过我可以操她后面的。""十二号"重复说。

"到此为止，我要走了。"她说，"这是你们的钱，还给你们。"她打开钱包。

"不，别走，"吉姆说，"迈克，你闭嘴！"

"这是我的钱，我想操她后面，吉姆！"迈克尖声说。

她转向他说："你有没有这么想过，你可能想操吉姆后面？"

然后，就像她后来回忆起来的，画面以真正快速的速度转动，快得让人来不及想"快"这件事，又或者只是不同的画面被压缩成了一个复合的瞬间。她的挑衅让房间里顿时安静了下来。她看见迈克的眼睛里充满泪水。她感觉很糟，正打算道歉，却被迎面一拳打在脸上。她瞬间金星直冒，眼前一片黑暗，丧失了意识。过了一会儿她疼醒了，发现自己的脸陷在满是血的枕头里，有人骑在她身上。她尖叫着想要挣扎起身，却只瞥见穿着内衣的那个高个子——吉姆……他的名字是吉姆——然后又是一片黑暗。在被殴打导致的一阵阵昏厥之间，各种声音和喊叫传入她的耳里。"上啊，操她！"……"操她后面！"……"我们可以回家了吗？"……"看着我，我正在操她！"热精液落在她背上，但她太疼痛，被侵犯时不确知自己是否被侵犯。她听到有人在呕吐的声音，但当她想转过去看时，却被扯住头发扭了回来，脸上又挨了一拳。"鲍比，别打了！"……"她会怎么做，报警吗？"……"她就是靠这个吃饭的。"……"别担心，她会没事的。"她被翻了过来，只见其中两人正朝她双乳撒尿，然后用力踢她的头。这一下让她彻底失去了意识，沉入——深深地沉入——黑暗之中。

*　　*　　*

她独自躺在小房间里被漂白过的床单上，不停地流血。

（他们只是些孩子，不经意地在人生的道路上制造苦痛。）

一辆卡车沉重地在静悄悄的房间外面辗过，低沉的隆隆声传入了她沉睡的耳朵中，在她头脑里不自然地回响着。

（栏杆上全是血和口水。那警察从她身上站起来时手从铁栏杆上滑了下来，拘押室里的其他女孩假装向他扑去。他恐慌地往外冲时被她们取笑——他的裤子还挂在脚踝处没提起来。她看到其他警察在放声大笑，好奇他会不会一辈子为此感到难堪。）

哦哦哦哦哦么么么么么么啊啊啊啊啊，这个声音一直在她耳边环绕，一开始是在梦里。然后她意识到这是现实中的声音，便挣扎着睁开了眼睛。

（莎拉在环形吧台对面一看就知道，昂贵的西好莱坞妓女们不喜欢她。她们大概希望她根本不在这里。）

房间里一下是白热的黄色，一下是白色，两者随着她恢复意识和努力恢复正常而相互交替着。

（他们很害怕，害怕和她在一起，也害怕和彼此在一起。他们身体动作快得不是他们的脑子所能跟上。）

疼痛知道她终于醒了过来，开始从浑身上下攻击她。她抖瑟瑟地套上了衣服。因为知道他们不会回来，她没理会她想要冲出房间的冲动。她猜自己被从后面操了不止一次，每朝镜子走一步，撕裂般的痛楚都让她不由得流下眼泪。她擦去肿胀的脸上的血和化妆品，意识到自己将至少一星期无法工作。她希望自己今天去得了赌场并赢点钱。她找到了原封未动的钱包，用房间里的电话叫了辆出租车。出租车到了之后，莎拉带着看得见的困难打开车门，在后座轻轻坐下。

"亲爱的，你是怎么了？后门被人乘虚而入了吗？"司机说，嘲笑她的不舒服模样。他是个老油条，一眼就看出来是怎么回事。从很久以前开始，他就把礼貌的义务抛到了一边，因为反正乘客总得付钱。他根本没有对客人有礼的意愿：他告诉新入行的司机，干这一行的都这样。所以他也这样。"你看来还被揍了一顿。你身上还有钱吗？你应该付得起车费吧？"

她默默地抽出一张二十元钞票，伸手把它扔在了前座上。

"怎样，不想跟我聊天吗？"他生气地问道，"别拿我出气，我只是想自保。你穿成这样，荡妇似的到处逛，还想怎么样？你该庆幸那个变态没像我想的那样搞你。至少你知道这样不会大肚子，你应该感到高兴。我要说的就这些。你要去哪儿？"

她从肿胀的嘴唇间喃喃地吐出了地址。

"好的，"司机说，态度缓和了下来，"好的，我会找你零钱的。看看，事情并不算太坏。我并不是想嘲笑你，但你应该也知道你坐下来的样子：就像要坐在鸡蛋上一样。我为你的被揍感到遗憾，但你应该高兴，因为事情也可能会更糟。我见过更糟糕的。不过你还好，你的钱还在。你本来可能会更糟的。看，我不是那么坏的人。现在没事了，对吧？你觉得呢？"

"对，"莎拉说，"我很好，谢谢关心。没事了。"

出租车咻一声从一个衣衫褴褛的女人身边经过，她在烈日下提着满满两大包待洗的脏衣服，后面跟着几个小孩。那女人的痛苦——或者她无视痛苦的能力——让莎拉咋舌。

* * *

酒店大楼的影子刚刚盖过了黄色的奔驰车——事实上它看起来像是慢慢地朝这辆车接近，然后突然从四周包围了它，就好像一个小女孩突然发现自己坐在一只蜘蛛旁边一样。车窗一整夜都开着，以应付这个季节二十四小时不停的热。借助刚刚直射进来的阳光，车里的男人又看了看斜着的后视镜里的影像：只见一条沉重的金项链自如地躺在他毛茸茸的胸口和桀骜不驯的颈毛间。他点了点头，显然是解决了一个内心的天人交战，然后从左手小指上把第二枚金戒指也拔了下来。现在他的左手上一枚戒指都不剩了。

不过他的右手中指上还有一枚镶着一大块宝石的戒指。此时这只手（几乎看不见地颤抖着）正握着一把丢弃式剃刀的塑料把手。剃刀干干地刮过他的脸，发出刺耳的声音，直到一辆酒店的清洁车开到附近的停车场开始工作，打着圈清扫地面，剃刀的声音才被淹没。

* * *

莎拉忘了要出租车司机找零。她穿过一层楼楼房前的青灰两色鹅卵石草坪，推开安全门，一瘸一拐地朝着她的公寓走去。作为识别，她的门上贴着一个斜体的"6"字（以前很黑但现在褪成了灰色，而且总是贴了又掉，掉了又贴），而且点缀着不同的指甲印和小刮痕。她走进房子关上了门，像往常踏进家门时一样，既感到松一口气又觉得家里的异乎寻常的安静让人害怕——这种安静受到中央空调和无霜冰箱的低沉嗡嗡声加强。她放下钱包，一边跟跟跄跄地走动一边脱去衣服，把每样东西都放回它们应有的位置去。最后她终于脱光衣服站在淋浴间，扭动镀铬把手放水。她在水柱下强自站立，然后膝盖瑟瑟发抖起来，最终支撑不住，倒在了瓷砖墙边。她紧紧抓住肥皂瓷碟要把自己拉起来，感觉到水冲击着她的背，看着它们从排水孔中漏走。

（即便是黑人女孩也经常会受到骚扰，无论是应召还是在妓院里工作的，每个人都会被"风化警察"找麻烦。还剩下来接客的姑娘——不是在韩国妓院里工作的那些——都是走投无路的吸毒者。对莎拉而言，问题更严重，也更私人。每日每夜她都被那个把她当作幻想对象的人所纠缠、追踪和在精神上折磨——有时也有一些身体上的折磨。她曾是也将是他最后一条上好的金项链，一件不情愿地躺在他毛茸茸胸口的廉价装饰物。他让她太辛苦了，再也没办法待在洛杉矶，于是从东部来到这里三年后，就不得不离开她已经建立起来的小生活。）

冲洗干净后，她用两块毛巾擦干身体，然后踮起脚尖走过冰冷的瓷砖地板，出了浴室并上了床。随着每条肌肉的暂时停止使用，她的大脑（这个大脑已经将身体托付给了柔软的床铺）加速运转，回顾了过去的一天、一周和一个月，回顾了所有完美的顶点，所有她有规划的人生中的诗意平淡时刻——直到画面戛然而止，生存本能让她和她的过去掉进了无梦的睡眠当中。

*　　*　　*

远在城外去亨德森的公路上，零散地坐落着四五家当铺。黄色"奔驰"就停在其中一家前面，车主正在等着巡逻车过去，因为他的过期加拿大车牌可能会引起注意。他特意开大老远到这里来，是为免不巧被认识他的人瞧见他上当铺。但事实上几乎没人认识他。

空气又干又热，而虽然从基因学角度来说这个男人就是为这种气候而设的，但因为这些天他身上没有恰当的蔽体衣物，又或者大概是因为他这是第一次赤身露体，所以有点吃不消。不过至少现在他口袋里有了点钱，而手指上少了几枚戒指。

*　　*　　*

大约七个小时后，莎拉醒过来，听见邻居们在黄昏下班回到家的声音。她转身想看看几点，但还没看到就作罢，因为她记起来她的脸被打伤，没有什么作息时间表要遵守，又因为拉斯维加斯没有时间观念，所以也没有加诸她的时间限制。她抑制住第二个看时间的冲动，起身去小便。

她盯着浴室洗脸盆上方的镜子，检查自己的脸变成什么样了。脸的右侧有两块鲜明的多色瘀痕，一块在眼睛附近，一块在脸颊上。后面这块向内延伸至肿胀的嘴唇并向上延伸至鼻子，它和眼睛附近的那块瘀痕一起将她原有的和将来的美变得不对称。伤口确实变得更严重了，也许还会再变糟一次。虽然睡了许久，疼痛反而加剧了：除了单调的抽痛，偶尔还有针扎一样的刺痛，而最让她生气的是疼痛带给她的不便。这一次的倒霉固然几乎是她自找的，是她不理会自己的第六感而落得的下场，但因为她总是非常努力地去遵守所有的规则，所以她觉得作为交换，她理应可以平安无事到最后。又如果不是这样的话，至少她知道她一直为了自己想要的东西而努力，而且很久之前就开始这样了。她盯着镜子里的自己，等着自己的怒气消退，知道这怒气和它的原因一样都是莫名其妙的。没有什么有所改变：没有保护费需要缴交，也没有心理伤疤可以炫耀。世界明显准备让她留下来：她知道这是一笔好交易。她还知道整件事情已经——虽然身体上的证据[①]指向相反方向——差不多过去了。她打开电视，转到晚间新闻节目。在厨房里，她煮了一壶咖啡，在烤面包机里放了几片面包。

吃饱后她感觉好了点。不让人惊讶地，她从昨晚的"今日恶搞"得来的三张钞票还在皮夹里，而且不止此数。她刷了牙梳了头，穿上牛仔裤和 T 恤，向公交车站走去。

（她故意留在后头一点点，待在灌木丛里——这灌木丛是邻居孩子们玩耍的树林，但其实只是某家后院的几棵树罢了，所以不是精心的藏身之处，她不能否认她有被人发现的可能。黄色的公交开来又开走了，剩下她一个人，为计策得逞而兴高采烈。她在寒风中等待下一班公交车——迟出门的

---

① 指她身上的伤口。

孩子们的公交车。这辆车上没什么熟悉的面孔，孩子们不知道她是谁，不会唱每两天早上会让她耳朵刺痛的嘲笑歌。）

到了城里，她在弗里蒙特街上来来回回踱了一会儿，最后走进了一家和别家赌场其实无甚分别的赌场。她找了一张最低注码五美元的空赌桌，滑进中间的椅子里，无视荷官——他双手抱胸并一动不动——的愤恨眼神。她将一张百元大钞放在面前展平，然后拿起来来回检视，嘲弄地等着看荷官的可预测反应。荷官继续一动不动，唯一反应是从紧闭的双唇中恼怒地挤出"洗牌了"三个字，甚至看到百元大钞都没有假装激动一下。莎拉认识这个家伙，所有常来的赌客都认识这个家伙：美国有些邮差会因通信的人太多而不爽，他是这种邮差的翻版。只不过，拉斯维加斯的愤怒荷官平均比美国的愤怒邮差多很多。这一位把一副纸牌呈扇状展开，将所有牌翻过来一下子，让每个人都能看到。随后是各种仪式性动作，包括她拿到了暂时属于她的两个绿色筹码和十个红色筹码，以及两张牌——前者是她用一百块钱换来，后者是她把一个红色筹码放在她面前的绿色毛毡上的下注圆圈里换来。她和荷官在接下来的二十分钟里来来回回地交换牌和筹码，没有什么决定性的胜负。

莎拉是称职的赌客，知道所有正确的玩法，但她从没认真到学习记牌——这种技巧能让她对庄家略占优势，也因此让她能在习惯性赌博中或多或少地连续赢钱。所以，她只经历到短暂的好运或恶运，但总的来说，她的打法倾向于保守——这种打法似乎会让赌场高兴，因为它会渐渐让她的钱变得越来越少，最后全部输光。只有到了这个时候，她的休闲时间才告结束，可以回家去准备赚更多的钱，接着她会又一次坐在受内华达博彩委员会管制的赌场桌子旁，再次心甘情愿地拱手把钱奉上，在在显示她的智慧一点都没有增长。

这时，一个肌肉发达的男人大剌剌地坐到了她身边。此人脖子上戴着十字架金项链，蓄八字胡，身上喷了他自己八成叫不出名字来的古龙水。他开始连连斜着眼瞥她，露出了猥琐的笑容。他表示要请她喝杯酒，但她回答说如果她想喝的话，赌场自会请客。

"这叫豪赌吗？"他得意地笑着说，指了指她押在赌桌上的五块钱赌注。他给自己的赌注加上一个筹码，将它增加到十块钱，"这样做是有魔法的。我叫斯蒂芬，也许我会给你带来好运的——你的大名是……"

"莎拉，我叫莎拉。"她说，"你从哪儿过来的？"圣地亚哥。

荷官的牌面是四点。他们都停止补牌后，荷官补得一张七点，赢了这一局。①

"该死！"斯蒂芬说，"我痛恨这些不公平的该死二十一

---

① 这暗示荷官的底牌是十点，全副牌是二十一点。

点。你呢莎拉，你是凤凰城人吗？"他又在下注圆圈里放了十块钱。

"确实不太公平。"她说。她决定这一次也押十块钱，却发现那男的见她这样做，把赌注加到十五块。她向着他的赌注颔首，微笑着说："我们不是玩德州扑克，你不能这样虚张声势的。"

"的确不是。"他以微笑回应她的微笑，"你真的是凤凰城人吗？"

她点了点头。作为回应，她将赌注在开牌前增加到了十五块。他则迅速将他的赌注提高到了二十块。

"你这是在干吗？"她指着他的赌注问道。

"只是玩游戏而已，莎拉。"他用左手摩挲颈背说道。

荷官爆牌，他们两个都赢了。斯蒂芬在收回钱以前先看莎拉的下注。她把三十块钱都留在下注圆圈，作为下一把的赌注。于是，他给他面前原有的四十块钱加上十块，然后用左手摩擦裤管。他手里有一对五，荷官的牌面是 A ：这是个好的开始，因为五加五是十点。

"没有更糟的了。分牌。①"他从一大捆钱里抽出一张五十块钞票，朝她眨眨眼。

确实如此。她不等看他补的牌就知道他的愚蠢让一手好

---

① 在二十一点里，拿到两张相同的牌可以拆为两手牌来玩，称为分牌。拆出来的牌要以现金作为赌注。

牌变成了两手差牌。

"赌现金。[1]"荷官说道，把这五十块摆在了斯蒂芬的筹码旁边。这是荷官一路下来第一次全神贯注起来，几乎是变得兴致勃勃了。

她在肌肉发达男的两次下注全输掉后说："你为什么要那么做，斯蒂芬？老天，如果你不得不输钱的话，那也至少别加注啊！"

他嘴里嘟囔着"碰碰运气"之类的话，借故离开了赌桌。也许他宁愿输十次也不想让一个女人觉得自己很蠢。莎拉意识到他其实没什么错，不禁感觉很糟糕，真希望自己刚才能保持安静，希望自己在判断时机方面能做得更好些。

（"也许我不认为你有多棒……也也也许我想要回我的钱。"他夸张地高举握起的拳头，好让她能看到。

她仔细地察看他，想看出他为什么说这话，但一无所获。她咒骂自己笨，却突然意识到他还在她身体里面的鸡巴正在收缩。

"也许下次你应该自己撸。起来吧。"她说。她的心脏在剧烈跳动，无法冷静思考，但她还是保持着正常的语气和礼貌，甚至有点冷冰冰的味道。

他的凝视下垂了一寸——这甚至让他自己知道他输了，

---

[1] 这是荷官在赌客以现金下注时需要说的话。

知道他出卖了自己。他想过要杀了她，但最后决定算了，因为将会有其他人这么做。他站了起来，放开了她。她故作镇定，不慌不忙地走到浴室，一边忙着清理自己，一边不断从镜子里看着他，看着他的呆滞目光。但他现在觉得自己以前就经历过这特殊的一幕，心不在焉地穿上衣服，离开房间，走到街上。熔金般的落日生机勃勃，在他脸上镀上一个古怪和焦躁的笑容，给他再次授精。他沿着街道走着，鸡巴又硬了起来。

莎拉透过肮脏的玻璃窗看着他远去。能在好莱坞一家汽车旅馆的床上安然度过这次小麻烦让她发自本能地感到骄傲，她盼望以后能和谁讲讲这个故事……不，不是这样的，她是盼望有人能倾听她讲这个故事。）

她很快发现自己手气不错，每玩三把就能赢大约两把。虽然她下的注不大，但在大胆分牌和加注后，她不多久就能赢上几百块。她留在那里玩个没完，大多数时间都是和荷官短兵相接，因为无论谁坐在旁边都不会感觉舒服的。其他位子大部分时间都是空的，只偶尔有一些没什么赌本或没耐心忍受拉锯战的赌客暂坐。这种人在任何赌场里都是转来转去，坐立不安，带着的筹码不断减少——这些筹码总是银色（一块）和红色（五块），不会是绿色（二十五块）和黑色（一百块）。他们会像跳入池塘里那样突然在一张赌桌坐下，待筹码减少到一半后就胆气尽失，这时，他们会站起来，从乱七八糟纠缠在一起的椅子间突围出去，回到边缘，再次在走道里漫步，或者因为厌倦了这样而跑到赌博区的附属区去。有时，莎拉旁边的椅子会被站在它们后面的悲剧性人物占据一半，这些人带着瞬间的决心，用那个月的买菜钱、房租或典当结婚戒指得来的钱放手一搏。他们不会发抖也不会流汗，但他们会制造出一种负罪感和被迫害感的浓稠张力。他们的运气和他们的需要成反比，所以总是输钱。每逢他们出现，莎拉都会感到心烦意乱，但不是因为他们处境绝望（他们总是太过认为自己处境绝望），而是因为他们痛苦深重（他们总是因此认定自己是受害者）。最后她的运气又变了，她面前新堆起来那一小堆代表二十五块的绿色筹码有危险了。她已经买了两把荷官赢（都输了）[1]，所以当她站起来而他讥讽地笑了笑时，她只是谢谢他，然后便离开了[2]。

她在账房把筹码换成钞票，发现自己赢了快三百块钱——只是差不多三百块但不到三百块。她在心里不快地想，这证明了至少对她来说，另一种行当要赚得更多。不过她也知道这个钱和那个钱不一样。这个钱曾经是筹码，将来也会变回筹码。她和赌场都知道，筹码是一种奇妙而美好的工具，没有沾染上任何钞票的污点。钞票总是轻易就可以被

---

[1]　在二十一点里，赌客可以买庄家赢。如果庄家真的赢了，赢的钱会成为他的小费。这是一种给小费的方式。
[2]　指没有给小费。

换成时间、房子、车子、性爱、食物或是所有东西，所以失去一块钱是比失去一个筹码要具体得多的经验——筹码更像是一个中途的安慰性标记而不是交换的媒介。对莎拉来说，筹码是最完美的象征，象征着其他的象征。这多出来的一代，这画之画[1]，会让任何程度的财富对人来说变得完全抽象，会让人在乍看之下觉得毫无意义，但在仔细观察后又不可避免地会赋予它最深奥的意义：它不把自己和任何东西绑在一起，但又同时和一切东西绑在一起。她把赢来的钱——曾经和将来的筹码——放进了钱包里，并把这个钱和接客的钱分开放。她在排列钞票方面总是一丝不苟：所有的钞票都面向前方，顶部朝上；新的钞票放在后面最后花，旧的放在前面；一元钞票放在百元钞票前面，诸如此类。她沉浸在这套程序中，结果撞上了一个来换钱的家伙。他瞪了她一眼，把两手上各一小摞多种颜色的筹码放在柜台上，要求出纳员分开计算。莎拉本来希望今晚输钱的话是输那三个男孩的钱，但现在她永远无法确知了。

（"也许你应该坐进来。那对你来说是最好的。"

一个略带口音的声音从汽车后座幽灵般这样说。她之前就听说过这种事，知道自己或早或迟必须要应付。

她能做的只是压抑住想要弯下腰往车里看去的想法，但

---

[1]　这是把钱比作画，再把筹码比作钱的画。

她害怕如果这样做，就会迷失自我。于是她说道："听着，我说不准。明天我会到别的地方工作。"

然后是一个女人的低语："我来这里不是为了……看着我！我来这里不是告诉你到哪儿去工作的。"

莎拉感觉有一双手搭在了自己肩膀上，知道自己很快就会上车去。）

"我们来散个步吧，亲爱的。"

她感觉到一只专横的手从后面抓住她的手臂，她试着甩开，但它抓得更紧了。她转过身，看到了一个赌场保安的长手臂。

"有什么问题？放开我。"她说。

"我们不想再看到你。这就是他妈的问题之所在。"他说，"你知道是怎么回事。"

"我不知道你在说什么。我什么都不知道。"她说。她疼痛地向下一拽手臂，设法摆脱出来。"别担心，如果你们不想我来这里，那我就不会想来这里。你放开我，我会走的。"

"那好，我们现在就走出去，这样我们两个都会快快乐乐。"他推着她的手臂，迫她非常快地向前走。他步伐很大，她要一路小跑才不致摔倒。到了人行道上，他不但没松开紧抓着她手臂的手，还用另一只手抓住她下体，在她耳边说："下一次可没他妈的这么简单。"他把她推向马路方向，转身回到赌场。

她愣在原地，环顾围观的人群。困惑的人们带着非难和忧惧的表情把头转开，彼此神经质地窃窃私语。然后他们走开了。他们可没时间管一个被从什么地方扔出来的人。他们自己不会被从什么地方扔出来：这一幕再加上这个想法让每个人都觉得很开心。他们就这么走开了，很高兴自己不会被从什么地方扔出来。

（一辆过山车雷鸣般地从她头上经过，然后又"吱吱嘎嘎"地顺着轨道冲了下去。莎拉被过山车的声音吓了一跳，把冰淇淋弄到了裙子上。很快冰淇淋就变成了一条黏糊糊的七彩小河，顺着胸部、肚子和大腿往下淌。她爸爸笑了起来，弯下腰用自己的手帕给她擦干。她反射性地望向妈妈，发现她不在附近，就抱住了爸爸——她妈妈是个饱受嫉妒折磨的女人。）

她要叫一辆出租车。暂时忘记了脸上的瘀青，她但愿自己此时是穿戴整齐要去工作。那样的话她要接一个好客人。不过不管如何，她还是要到赌城大道去：那里有美酒和教养较好的保安。

"整修停业了，换个地方吧。"出租车司机说。

"不会吧，什么时候开始的？"她关上车门，摇下车窗。

"上星期。"他从后视镜里看着她，"反正你不会想去的，去'金沙'怎样？"

"去'热带花园'怎样？"她说。

"就'热带花园'吧，介意我开收音机吗？"他打开了计价器。

"开吧。"她说。

司机调低调度无线电的声音，打开用链子挂在后视镜上的一台便携式小收音机。调校频道时出现了电流声和断断续续的音乐声。"我一般不会听这一台，不过你看起来不像会跟人说去。"他解释说。

"没错，我不会说的。"她说。

收音机里的声音响亮了起来："谢谢你，约翰，上帝保佑你。我们还可以再接一位听众的电话。你已经在线了。菲尔牧师吗？你能听到吗？是的，你已经在线了，请说。牧师，我只是不知道该怎么想。我是说，这个城市都在发生着什么？你一走到赌城大道就看到那些污秽的报纸，你知道的，就是那些上面全是裸女的报纸。赌场全都在上演那些无上装秀，那些法国秀。人人都在大街上喝着酒。菲尔牧师，你开口闭口上帝，但祂在哪里？那些人都是游客。你叫什么名字，亲爱的？乔？好名字，姊妹，上帝赐给了你一个可爱的名字。乔，你知道吗，耶稣无处不在。我们需要记住，与邪恶战斗的唯一方法就是让它从你的头脑中消失。把目光从魔鬼身上移走，从色情狂身上移走，从强盗身上移走，从杀人犯身上移走。主自会对付他们。乔，要坚信他们会被从这个城市扫走。酒鬼、妓女、不愿再活的自杀者将从我们的地板被清扫干净，丢进坑里焚烧。然后你、我和我们的弟兄姊妹会再次行走在洁净无瑕的路上。是的，牧师，我知道，但我并不理解。你不理解？乔，你无须理解。那是他的荣光。只有好与坏之分，我们与他们之分，黑与白之分。只有相信或被火焚之分。乔，这些书是义人所写。不要斗胆去质疑那些永远无须纠正的东西。方舟一直在海上漂浮，乔。上船来你就安全了。无须再想，不要迟疑，只要相信即可！谢谢你，乔，上帝保佑你……"

"你的脸怎么了？"司机问道。

"被丈夫揍了。"她撒谎说，"但不是他的错。他只是不够理智罢了。我们彼此相爱，所以我还是留了下来。不管怎样，嫁鸡就随鸡。"

"太可惜了，姊妹。你应该甩掉那个坏家伙的。像你这么漂亮的女孩，想找什么样的男人找不到。"他说。

她没再接话。他们听着顺耳的乡村摇滚福音歌曲，很快就开到了"热带花园"。

她付了车费，走到了一层层的玻璃门前，这些门只能阻挡炎热的沙漠气候，别的什么都挡不了。穿过第一排门后，她来到了一扇密封门里面，听到了游戏机模糊的"丁丁零零"的声音，还有大街上渐行渐远的车声，这一切都在旋转门不规则的吱吱嘎嘎声的带领下进行着。这里的空气是没有温度的，要不就是各种温度俱全。她暂停下来让自己适应一下之后，又向第二排门走去，进了总是吵得很的赌场本体。

她向酒吧走去，选了能够看到赌桌和角子老虎机的那边。她一面等着酒保过来，一面品尝美味的金鱼形状免费饼干——拉斯维加斯的很多体贴所在都会慷慨提供这个。她瞧见一个行头齐全的醉鬼在一张二十一点赌桌赌钱，看起来很惹眼。

这个年近五十的男人非常俗气，身上每个能穿金戴银的地方都装点上了金子。他看起来像是那种整晚都处于失去意识边缘但绝不会完全醉倒的人。而且明显的是，到了明天早上，他将不再会记得发生过什么事而必须借助一沓沓的借款单来帮他重建记忆：这些借款单是监场①已经正在开出并得到荷官与客人同时签署。赌场员工诚惶诚恐的态度说明了这位赌客有财力和意愿今晚在这里输掉一大笔钱。他都是同时玩两把牌，每把的赌注从五百到两千块不等，并且还没等他签完前两把输的筹码的借款单，面前的筹码便几乎又输光了。监场出尽吃奶之力计算借款，与此同时又耐心地对这个睡眼惺忪的赌客维持礼貌——后者那摇摇欲坠的脑袋似乎马上就要撞到两摞新换的筹码上了。他喝太多了，连一贯大方出手的小费都忘了给鸡尾酒女侍应，而女侍应还记得上一次的小费是多少。看到他把空杯子扔到她手里，告诉她自己还

① 负责在赌场内监督的主管人员。

想要一杯占边威士忌时，她感到很遗憾。

"占边加一杯咖啡。"她怀着希望地说，一边在托盘的纸巾上写了下来，就像唯恐会忘了似的。

"占——边加一杯占——边。"他说，没理她的暗示。

莎拉再也看不下去了，她环顾四周，想找点更好看的东西。她以前认识一个男的也是这副德行。几乎是一种自毁，那是一种他证明自己有男人气概的方法——但是证明给谁看呢？莎拉猜是为了给自己看，因为他生活的方方面面都同样这么过火。

（他觉得自己精壮有力，天不怕地不怕，而在很多肤浅的方面看来他的确如此。

"我是阿拉伯海盗！"他在就快射精前向她吐露。

虽然莎拉被他敞开心扉的尝试所打动，但对他的说法的可信度持怀疑态度。）

酒保出现在她面前。"来了来了……"他低声唱着，把一个杯垫扔在吧台上。他是个快乐的小伙子。

"嗨，"她说，"我想来双份'马蹄铁银色龙舌兰'，再来瓶随便什么啤酒。"

"加柠檬和盐吗？"他问。

这时，鸡尾酒女侍应在补给处那边喊道："双份占边威士忌加冰！"

"不用，谢谢。"莎拉回答说。

"我可不这样想。"他把龙舌兰和啤酒递给她，然后过去帮女侍应弄酒去。

莎拉几乎一口喝掉了全部的龙舌兰和半瓶啤酒。她把杯子推到前面，意味着她准备再来一杯。她决定今晚用大喝一场来代替工作。她难得碰到这种一切看起来都跟她作对的时候。那种通常并不明确的渴望有人陪伴的感觉又浮现了，她很不喜欢。她觉得陌生，感觉自己老了。那件赌场保安的意外事件让她心烦得超过她能够承认的程度。她无法接受自己——至少在某种深深隐藏着的层次或甚至以某种微不足道的方式——需要被接受，需要像一张停车卡那样刷得出声音来。

现在她思绪阴沉，焦虑不安的情绪即将爆发。她但愿自己那张该死的脸没有瘀青：酒吧里至少有四个男人会愿意付钱操她。他们其中一个肯定在这酒店里开了房间。那事情就简单了。她想着自己是张多了不起的停车卡，想着他们在高潮来到前的那段时间：那时他们充满了欲望和（不管他们自己是否知道）感情。她和他们相处得不错，值得他们花钱。他们将他们的人生挤进她的身体中，甚至包括了他们不知道的那些部分的自己。他们的生物性主宰着他们的身体，那是真正的事实，在任何层次皆为真。就在那时，她绝对地拥有了价值。

她感到龙舌兰在血液里沸腾，便一再地深呼吸。酒吧里很吵，椅子很硬。她饥饿、疲倦、疼痛、微醺、自足、漂亮、瘀青、年轻、聪明、不快乐，因为吃多了咸咸的金鱼饼干而感到口渴，察觉到她在想的就是这件事情。她想要水的话可以得到水。她还拥有公寓、妇科医生、邮箱、小甜饼，并知道怎么烤或者买更多小甜饼。有政府机构确保她买的小甜饼对她无害，她信赖那机构。她是她生活环境的一部分。她还活着，这成就让她遥遥领先大部分同行。她的瘀青，那个保安——这些都是小菜一碟，都是一时意外。没什么能打倒她，这一点毫无疑问。

（萨布丽娜是个十六岁的女孩，来自亚特兰大，是离家出走的。在她们相遇的时候，她在赌城大道最南端的一家小汽车旅馆里当女仆。这个女孩在很多方面就是十六岁的样子，但在其他方面却超乎寻常地善感和善良。她每月都会把工资的一部分给一个墨西哥盲人，他住在离汽车旅馆不远一个废弃的挂车厢里。剩下的钱除去吃饭就没多少了。汽车旅馆老板不想失去她但也没有给她涨工资，便让她打扫完房间后给他吹喇叭，以此换取一晚免费住宿——如果有空房间的话。第二天一早她要将房间打扫得格外干净，并用自己的洗涤剂来洗床单。如果汽车旅馆客满，她就得整晚在赌场大道上逛，有时也会去弗里蒙特街玩玩游戏机。莎拉遇到她的那个晚上，她正坐在角子老虎机店外面的人行道路沿做填字游戏。她们在一个满身霓虹灯的巨型小丑的注视下一直聊到早晨。有生以来第一次，莎拉有找到了真正好朋友的感觉。因为觉得萨布丽娜目前的住宿安排方式不理想，她让萨布丽娜到她的公寓去睡。

她们做了三次爱，每次都是意外发生的，也断然不感到后悔。她们在这方面共同拥有的能力成了两人之间最牢固也最特别的纽带。她们两个都是生来就非常独立自主，全然不会干涉对方的事情。她们相安无事地在一起了一段时间，但是萨布丽娜还很年轻，对于自己还没有什么长期的打算，更别说做出什么决定了。她变得躁动不安，想要再次逃走，但却没什么可逃离的——这对她来说是一个不可能安之若素的个人羞辱。她自愿投入了海洛因的怀抱，失去了之前做的工作，并在越来越危险的情况下接客。最后她消失了，莎拉知道她八成是死在了一台垃圾车里，或者被藏在"凯迪拉克"后备厢载到城外五十英里的沙漠中，烂在了那里。

莎拉不知所措，突然的失落让她晕眩。这对她来说是个陌生症状，完全不属于她所了解的领域。）

不自然得难以想象的电子铃声突然响了起来，让"热带花园"赌场的主顾们知道刚发生了一起丑事①。那大赢家对让人分心的噪声感到有点恼怒。她还有其他的角子机要照顾呢。铃声渐渐消逝，莎拉看着这位拉斯维加斯最新的百元富

---

① 指有人拉角子机拉到一百美元。

翁拿起她好不容易刚赢来的其中一枚银币（吐币口处还有很多枚），把它再次投入投币孔去。

下岗让她越来越热衷于抵制时间和显示时间的装置。她放任自己在酒精的帮助下断断续续沉思冥想，对自己在酒吧里坐了多久没有概念。免费供应的金鱼小饼干看起来取之不竭，要多少有多少。该死的赌场把自己捂得严严实实，一丝外面的光都看不到，所以她也不知道天亮了没有。不过，最后鸡尾酒女侍应将会开始要很多杯"血腥玛丽"和"螺丝起子"。伏特加是现在流行的早餐饮品[1]，所以点它们将标志着破产的人们已经迎来了破晓。这让她想到，如果接下来几天也一直这么黑的话会很方便，因为那样的话她就不用想着随身携带太阳眼镜这件事了，也就是说她就不需要太阳眼镜了。无聊，无聊，无聊。

（她在拉斯维加斯住的第一间公寓隔壁住着辛格夫妻。那之前她一直待在南拉斯维加斯大道的破落部分——就在弗里蒙特街和赌城大道的交会处——一家脏兮兮的小汽车旅馆里。最后，靠着一番精心编造的谎话和一大笔现金，她在春山路上租到了一间公寓。这对新搬到城里来的无业游民的她来说并不容易。她用她最后几美元在百货连锁店买了一个收音机闹钟、一张牌桌和几把椅子，带到新公寓去。玛丽·辛

---

① "血腥玛丽"和"螺丝起子"都是以伏特加为主要原料的调酒。

格就在此时向着她蹦蹦跳跳走过来，一手拿着个插满花的玻璃杯，一手拿着杯白葡萄酒。

"你好，邻居！我是玛丽，"这个女人唱着说，"欢迎，欢迎！把东西放进去，再到我屋里干杯葡萄酒吧。来了个新朋友真是太棒啦！你叫什么名字？"

"莎拉。"她被对方的热情感动，笑容可掬，又伸出手去和玛丽的花握了握手。

"是蔬菜色拉的色拉吗，还是其他写法？"玛丽问道。

"是丽莎的莎。你呢，是'开心果'①吗？"

她们都笑了起来。两人不久就在玛丽的沙发上坐了下来，喝着德国葡萄酒，吃着土豆色拉，渐渐熟悉起来。莎拉解答了玛丽的疑问，称自己是一名从洛杉矶来的鸡尾酒女侍应，目前正在找工作。玛丽聊起了丈夫斯利姆，说莎拉肯定会喜欢他的，还提议让莎拉今晚和他们一起共进晚餐。就这么说定之后，她们继续像刚认识的女人那样聊天。

"不，还没有，"莎拉说，"只是有几个男性朋友，但都很一般。"

"我们认识两年了，但看起来像是一辈子了，"玛丽说，"他真的很棒，我们是在酒店工作时认识的。他因为要娶我不得不炒了我。那是不是很让人抓狂？"

———————————

① "玛丽"和"开心果"在英语音近。

"我说不准。我可能某天也会去那里。我真的不介意当女侍应。暂时来说是可以的。"

"就是这样？只是用在早上晒干的毛巾吗？它有这么好吗？"

"绝不行。我不行。我会过敏。"

"如果是那样的话，你可能得把我放在床上……但有何不可呢。"

"'倩碧'是最好的。我不介意多花点钱买，不过我也不常擦。"

"……这是最糟的！斯利姆虽然不完美，但起码他会顾及我的感受。你知道我的意思吗？我是说近来我几乎每两次都能有一次高潮——好吧，是每三次有一次。但不管怎样，那都比我前夫要强一万倍。他会……"

"哦，别抱怨了。我真的没经历过你那种经历。"

这时，斯利姆插嘴说："如果我打扰了你们，我可以回去工作去。"他穿着夹克打着领带，站在门口咧嘴而笑。他看起来饥肠辘辘。

"看看是谁来了。莎拉，这是斯利姆。斯利姆，这是莎拉。"玛丽说，跌跌撞撞地从沙发站起身来，差点把手里的半杯酒洒出去。

他们咯咯地笑了起来。晚餐进行得很顺利。斯利姆整晚不时地用别有用意的眼神注视莎拉，在之后的几次聚会中也是这样。但她并不那么介意，这不只是因为她已经习惯了这种眼神，还因为这个家伙太平淡乏味，没有什么杀伤力。她很高兴遇到这些人，让自己可以被动扮演邻居的角色。他们会一起露天烧烤、购物、去赌城大道探险和晚上到一家又一家酒吧喝酒。有一次他们还和斯利姆的同事来了一次平平无奇的四人约会。可预期的，斯利姆会对莎拉做一些他以为另外两人能意会并赞成的性暗示。有天晚上，显然是无知作祟，他甚至在妻子洗澡的时候拿着香槟和可卡因去敲莎拉的门。莎拉巧妙地化解了这些尴尬时刻而没有伤到对方的自尊：她没有直接回应，只是随便找了个借口，伴以妩媚的一笑，就把不知道这到底是拒绝还是调情的斯利姆打发了。

辛格夫妻与她的关系八成没有他们以为的亲密，原因有二：他们不那么设防，不像她那么不轻易敞开心胸，而且他们也没隐瞒什么。所以对莎拉来说只是友好的关系在他们看来却够得上是亲密。她尽了最大努力在维持一段浅友谊，而虽然她自述的身世大部分都是编造的——这让她有些苦恼——但她对玛丽和斯利姆的感情与她对其他人多少是一样的。

一天晚上，在遭遇一个坏恩客非常粗暴的对待后，她流着血惊恐地回到家，急需另外一个女人的陪伴。她叫来了玛丽。玛丽穿着浴袍，像妈妈那样坐在那里，握着莎拉的手倾听着。一开始她轻轻地安慰着莎拉，但当故事渐渐展开时，她渐渐陷入了沉默。玛丽听着莎拉对她吐露全部真相，足足坐了四十分钟，连茶都凉了。

"别担心，亲爱的。我保证斯利姆能帮你在酒店找到活儿干，那样你就可以远离噩梦了。"玛丽说，样子惶恐地站了起来，"你先睡会儿，早上我叫你。"

"不，不，不要告诉斯利姆，我没事。你不明白，这只是一个糟糕的晚上而已。我不应该打扰你的。我八成有些夸大了，情况其实没那么糟。"莎拉说道。她感觉得出来有什么不对劲，但顾不上去仔细想了。

但玛丽已经几乎跨出了门。"好，这是你我之间的秘密。去睡吧，晚安。"她迅速穿过草坪，进了自己的公寓，打开卧室的灯——斯利姆正在睡觉。

第二天一早莎拉就被房东叫醒，要她尽快搬走。"最迟不能迟于月底。别把这里弄脏了——你知道我在说什么——我还要给租客看呢。不好意思，但这是我的原则。如果你当初说真话，就可以避免掉这一幕。你可以拿回押金，而我……我就当什么都没听说过。"然后他把一个信封放在她的手上，离开了房子。）

她想要掷掷"花旗骰"，却总是被人群的粗鲁妨碍。这些人都非常热烈地投入。他们觉得自己是赌场赌客里的中坚力量，是专业人士。他们自认为对概率数学有高人一等的智力和认识，这一点尤其显示在他们异教徒般的尖叫和呼喊中（有时足以挑战角子老虎机对听觉近乎垄断的攻击）。他们让大家都知道他们的工作很复杂，没什么时间包容下层人士——比如说一个想换换口味的文静二十一点赌客。即便这个人够大胆挤进密密麻麻的人群中，好不容易在赌桌边找到一个空隙，一样会在接下来被吓傻。无数手臂会迅速落到他要下注的路径上，他的呼吸系统会被身穿彩格聚酯纤维的巨大武士所伤：他们喷出的烟雾包围着他，差点将他吞噬。谩骂和辱骂会把这个入侵者赶走，最后还会有一声"不好意思"的讽刺声在他撤退时鞭打他的侧身。之后，他就会回到家家酒般的业余世界里，不再对真正的玩家构成障碍。

她心不在焉地听着"幸运轮"传来的嘀嗒嘀嗒声。这转轮一开始转得很快，然后会慢得像永远不会结束一样慢慢地停下来，每一下嘀嗒听在耳里都比之前的一下拖更长，最后是永恒的嘤的一声——但这其实只是"幸运轮"无限次旋转发出的无限次嘤声的其中一次。纯粹出于轮调被发配到赌场这个偏远角落的荷官配合着转轮的速度说话。面对一笔五块钱的大赌注，他对选项和可能性的说明毫无热情。这个巨大的转轮过久地转动着，总是转动着又总是不动。[1] 转轮上的囚徒，也就是纸做的美元[2]，等待着它们停在顶端的那个不可避免的时刻来临（谁中选由一根硬塑料条决定）。

---

[1] "幸运轮"快速转动时貌似没有转动。

[2] "幸运轮"的每一格都贴有一张假美钞。

那时，押在它们身上的赌注——有的话——就会获得赔付。

在与"幸运轮"垂直的轴线上，轮盘把世界分为红色和黑色，分为单数与双数，或是分为让人更有偏袒性的1到36三十六个数字。偶尔，古怪的"单零"和"双零"——它们是真正的输家——也会获得白球的青睐。这个小球在转盘上拿不定主意地奔跑着，让人两眼昏花，最后才速度变慢和位置变低地进入它即将献身的轨道。它在一个格里停了一下，然后又动起来。

在二十一点赌桌，荷官站在其他荷官后面，等着轮到自己洗牌，对付无能的美国赌客大军。这个赌博方式很难玩，因为赢的赌客会被赌场的人仔细检视，赢太多的话还会被公开赶离赌桌和赌场。坏玩家是根据定义而玩得差，好玩家则是为了同一个目的而玩得差，而且只在适当的时候玩得差。他们把两张四或两张五分牌，或是把两张三或两张六分牌。什么时候分？为什么分？荷官静静地观看着，心领神会。当他们在玩家位置玩牌时，他们将可确保他们的二十一点。看，他们了解这种赌博。

扑克房里弥漫的不张扬本领让莎拉总是敬而远之，任服务生怎样挤眉弄眼也是枉然（他会用眼神告诉任何路过的人：二号桌有空位，玩的是德州扑克）。在这个房间里，赌客对上的是赌客。赌场并不关心这里发生什么事，因为谁胜谁负它都会抽佣。和"花旗骰"赌桌不同，这里很欢迎新手。新手会立刻被咬碎和消化掉。赌局会加入越来越多更狡猾的对手。钱按部就班地从桌子上的这个赌客手里流入那个赌客手里，然后又去到新赌客那里，最后再回到最初的赌客手里：他有赢有输，好整以暇，等着宰还没有入局的人。

百家乐包厢里非常安静，赌客们都衣冠楚楚，雍容华贵。其他赌博方式的常客都会多看这里几眼——这是他们绝不敢涉足的地域。一些披着黑色皮草的漂亮女人假装彼此互斗。如果有个家伙有很多钱的话，在这里八成会被痛宰。她们决不留情。这是真正的干净利落，带着点欧洲人的味道。

"再来点'马蹄铁龙舌兰'吗？"酒保问道，手上业已拿着酒瓶。他喜欢莎拉，看得出来她是那种经常喝酒但不是有酗酒习惯的酒鬼。在他自己的领土里，就像一个荷官遇到一个能干的赌客那样，他把她引为自己人——"自己人"不会做傻事也不会无法预测，让人信任地知道他们想要什么。他给她又倒上一些"马蹄铁龙舌兰"。

她对自己感到如此郁闷有些许的惊讶。她不是不了解自己的人生和它的所有涵蕴——迄今为止她都了解，了解得就像任何人一样清楚或更清楚。但她没想到自己会因为只是暂时无法工作，就如此怅然若失。依赖固定工作时间表的习惯多年来已经深入她的骨髓，是她自己所没注意到。现在别人为她提供的咖啡就在眼前，为了让自己的人生变得一目了然而需要加入固定的标点符号，这种想法让她感觉很震惊——

虽然也许并不是这样，也许只是现在这样而已。

　　就像一个会因为去掉一项变量而被彻底影响的实验一样，她的处境需要评估。她连一个评估都想不出来，事实上也不相信评估重要。喝醉后她突然奇怪地想要来一趟长长的散步，连续散几天：一直散步，然后旋转，持续不断。她离开酒吧，再次穿过酒店一层层的玻璃门。外面天还黑着，空气很凉爽，十分适合这样的散步。破晓前的拉斯维加斯活力没减少太多，让她精神为之一振，也让她忆起自己最初为什么会想来这里。人行道又长又直，继承了沙漠无视正常散步距离的特点。在这里，她可以走上几个小时，而因为"热带花园"几乎就在赌城大道的尽头，所以有几小时的路可以让她走。

　　她若有所思地慢慢走着，边走边留心观察，让酒精暂时延缓疼痛的来临。她现在走在她找客人时通常不会去的地方，让自己沉浸在和自己不相关的拉斯维加斯的商业气息中。酒店从远处看就像海市蜃楼，而虽然每一间看来都遥不可及，但很快就被她一一甩在了身后。不久，她走过的地方看上去就像她正要去的地方：她显然站在了一块镜子的前面，两个可选择的方向要不是一模一样就是完全相反。

　　（"去哪儿？你打算去哪儿？"莎拉小着声说，生怕吵醒他。

　　"只要能远离他就行。哪儿都无所谓，也许是圣地亚哥。"

女孩说道。她的包包里塞满了衣服，下身穿着肥大的丹宁牛仔裤，没穿内衣。她是那种能让自己在某个晚上广受喜爱的女孩，但那种夜晚是很久前的事了，现在只有莎拉愿意花时间陪她。

"好主意，我听说那里的皮条业很发达。"莎拉说，随即对这种讥讽话感到后悔。事实上她根本无心继续对话。

"去你的，莎拉！你知道你应该和我一起去的。"

大理石地板让她的赤脚冰冷，所以她就把长睡衣往两腿间塞了塞，坐了下来。"我只是觉得我不可能从头来过。"她说。

女孩把她的包包扛在肩上。"不，你可以的。你知道你可以的，莎拉。所有人中只有你可以。"然后，她在往外走时又喃喃说道，"你能重来一千遍。"

莎拉没有看着她离开，而是回到了卧室，静悄悄地滑进了被子里，以防吵醒其他人。）

她在这里停停在那里停停，上个厕所或是喝杯水。赌场内景的蒙太奇让人对它们的细微差异看得更加清楚。这里说的"内景"不是指装潢或员工服装这么明显的东西（它们其实大同小异），而是指对管理和金钱更重要的指标。不同赌场的荷官的类型有可能大相径庭，不同赌场的赌客也是如此。她本来不认为开赌场和其他生意有一样的差别，但现在她发现有些赌场能赚更多钱，地方更干净，员工更开心。由此可见，没有什么是独一无二的，也没有什么是普遍的。

（"你来和这孩子谈吧！"她妈妈暴跳如雷地冲出了厨房，把她丢给了爸爸。

"我知道。"莎拉说。她本来一直缄默不语，恭敬地等着爸爸先开口——但她知道他想听她说说，所以还是得她先开口。"那次旅行可能不是什么达尔文式命令——"

"不对，它是的。"她爸爸纠正她说，然后又坚决地闭嘴不语。

"好吧。"她说道。她的猜想现在得到了证实，她的老盟友并没有让她失望。"我猜我们都同意它当然正在扩大。"父女两人都笑了起来——虽然她能看到他眼中的痛楚。）

她累了，血液中还流淌着太多酒精。不管她走了多少的路，它都将会以自己的牛步离开她。她咬紧牙关，决定要走完剩下两英里回家的路。她的身体并没有为此做好准备。有些旧疼痛回来了，也有些疼痛是第一次出现。不过，随着酒意渐消和距离缩短，她感觉好多了。回到家后她在床上躺下，睡了醒，醒了睡。

*   *   *

"是谁？"

"法蒂先生，我给您把送洗的衣服送回来。"

贾迈勒·法蒂走到酒店房间门口，脖子上戴着一条金项链，腰上只围了一条标有"阿拉丁"字样的毛巾。这酒店质量低下，令他反感，但如果他的"奔驰"无法发动的话（已经有这种征兆了），那酒店的位置对他将会相当方便。

"好。"他说，打开门，从服务生手中接过衣架和衣服，"就这些吗？"

"是的，先生。"服务生说。其实他是刚被找来送衣服的，并不知道这些是不是全部。

贾迈勒·法蒂把一张五块钱钞票递到那只殷切的手中，连句谢谢都没说就关上了房门。这点小费对他来说少得可怜，让他感到十分尴尬——虽然它在他现在的资产中已占了不小的比例。他习惯炫耀更大面值的小费：有过一段时间，他连一百元找的零钱都懒得拿。他更喜欢拿着那些上面有很多个零的大票①——这是样子单调的美国货币最吸引眼球的地方。

这下只剩一个人了，于是他扯掉毛巾，准备淋浴。在房间的角落里，电视无声地播放着一集常常重播的《欢乐时光》，但这不是他注意的所在。他赤裸着，站在镜子前自我检视，一边检视一边想着一个女人——他能觉察到她就在不远处。贾迈勒·法蒂愿意抚摸自己，但他不能这样做。他也不想让自己陷入不得不这样做的境地。

---

① 指一百美元钞票。这种钞票上有五个"100"字样。

"愿真主成全。"他对着镜子大声说。

* * *

喀勒勒勒勒喀……么么么么么吗吗吗吗吗吗吗吗吗——冰箱马达自动开动了起来。它确定了自己正在工作,看似为此心情愉快。即便没人打开它,它里面的食物——至少是空荡荡的内部空间——还是冷的。这是你他妈的可以肯定的。

莎拉在沙发上翻滚着,脑海中只有一句话,一句该死的话:强制性休假。整件事对她来说都不可理喻,非常陌生。以前她习惯了有固定工作时间表的舒适,从没经验过这种时间表的阙如。因为她太过节制,太不愿意享乐。她觉得她再也不能和自己的想法同步了。电视相当于一连串有关有目标的人的残忍戏剧,她甚至羡慕荧幕上那些被杀死或在广告里注定要死的角色。如果面临着自己即将来临的死亡,她至少可以放下无时或已的徒劳感和焦虑感。然而,自杀的念头——即便只是在做白日梦的时候想到——会让她心烦意乱,让她感到自己在创造这种选项的那个物种中像个外星人。因为不想自相矛盾,害怕把逻辑推到极致,她从来不会去想死亡和死在自己手里之间的界限。这是一个不成问题的问题,毫不相干的问题。它是一个只存在于抽象层次的文字游戏,如果落实到面包和水的层次,就会颓然瓦解。

*　　*　　*

深色的双唇以几乎看不见的动静翕动着，吐出连低语都算不上的几句话："我必须拥有她……她知道我在这里……她知道我还拥有着她，也害怕对自己承认这个事实。"但他第七次经过这条街，还是没有找到他要找的那个人。"我在我的生命中起码要拥有这一件东西。"贾迈勒·法蒂并没有意识到自己改为开始大声说话，因为这些话是他下意识地说出来，"这件东西是打开我拥有的一切的钥匙，它就是她。"

黄色"奔驰"在赌城大道上绝尘而去，朝莎拉的公寓的方向（据他所知是这样）驶去。车里的时钟偶尔会走一下：虽然他从没看到指针走过，但他每次上车都看见时钟的时间不一样。所以它还比不上一个已经停了的钟：停了的钟一天至少有两次会报对时间。贾迈勒·法蒂的决心丝毫没有减退。他仍未对自己承认他的怀疑，绝不认为她有可能已经离开这个城市，也因此他才会几天（只是两天吗？）没见到她。他暗下决心，这次他一定要在她的公寓外面潜伏更久，直等到她有动静或看到她开灯为止。他知道她一定会出现的，她必须工作。莎拉必须工作，这一直是她的弱点——即使在一开始的时候也是如此。

他有一个计划。他还剩一些钱。事情将绝对不会出错，而莎拉将会一如既往那样总是按吩咐去做。不管怎样，这一次她会突然看到他：一个惊喜。他还拥有那双她无法与他分享一个城市的眼睛，这双眼睛会烧开一条路，让他们回到她的灵魂去——那是他们总是归属之处。一个命令，一个任务，有人代替他稍微操她一下（最好是街上或酒吧里的嫖客），那么她就会成为是他的，他也会成为是他自己的，一如过去那样。

但他剩的钱不是那么多，油箱里剩的油也不是那么多。从眼角余光，贾迈勒·法蒂似乎瞧见仪表板时钟的分针在动，但正眼望去时却未能证实。

*   *   *

一天还是两天后，她看着镜子，感到非常气馁，她本来还期待脸会慢慢好转呢。自愈的程序并不顺利，看来是迂回进行的。一块新的、不自然的瘀青似乎正在皮肤下面慢慢扩大，渐渐呼之欲出，看来在变好之前会先变得更加糟糕。她的脸已经成了一张真人大小的、有机的拍立得照片：在曝光后用手冲洗，这照片会先变幻出各种色调才会恢复为原来的完美肤色。一个蓝、绿、黄三色的新世界覆盖着她眼睛和脸颊附近那大片大片肿胀的地方。她微微地噘了噘嘴，又试着朝自己皱了皱眉。毫无疑问，这是她对自己的脸曾经有过的最糟糕的攻击。

（"……朋友们，请叫我艾尔。这是我的美国名字！我自己取的！"围着桌子的几个男人附和着他放声大笑，但他们无一例外全都盯着站在角落的漂亮深色头发女孩看。

"贾迈勒……我是说艾尔[1]，她是你的朋友吗？就是你跟我说过的那个吗？"这男人胡子上沾着虾酱，甚至其中一枚钻石袖口链扣上也是这样。他用手肘碰了碰旁边的男人，同时悄悄地把手放在自己勃起的鸡巴上，但旁边的男人因为心思放在肿胀的下体上，没注意到他的碰触。除了艾尔，其他四个男人都目不转睛地盯着莎拉看。

"啊，是的。"艾尔说道，他的目光老是落在桌子上那个厚厚的浅黄色信封上，"她是莎拉，是我送给各位纽约市新朋友的礼物。你们可以在这间美丽的顶楼套房里和她随心所欲地相处，这套房也是我送给各位纽约市新朋友的周末礼物。你们将会发现她是个非常愿意配合的女孩……"他的皮肤紧致光滑，他的笑容老练饱满。这时，贾迈勒·法蒂的眼神隐含着深意，说话意有所指，像颗天然磁石般将一桌子人的注意力都吸引了过去："就像我们说好的那样。"

胡子沾了虾酱的男人虽然因为想象接下来的夜晚而心神荡漾，听了这话后仍是为之一怔，抬头望向艾尔。现在他的笑容更可掬了，但这是因为他觉得自己应该如此而不是真的想笑。他说："当然了，艾尔。我想你会发现事情就像我们

---

[1] 自称艾尔的这个人就是贾迈勒·法蒂。

讨论过的一样。"说着把信封递给了面前的阿拉伯人。

"艾尔，你是哪里人？"桌子对面一个肌肉发达的蠢才问道，他对自己出生的国家感到骄傲，"我是说，你说起话来不像我们这一带的人。"他的话中带着一抹轻蔑，房间里气氛紧张起来。

"是的，你说对了，我的新朋友。"艾尔的笑容看起来非常与众不同，"你真是太善于观察了！"然后他像自我介绍一样对着全桌子的人说道，"我来自阿曼。"

"那是个难搞的地方。"肌肉发达男说道。

艾尔笑了，笑得比之前更开心，然后说："没错，我听说也是如此。但我并不难搞。我是个容易相处的人，来这里是向我的美国新朋友们学习。"气氛变得十分尴尬，贾迈勒·法蒂伸展双臂，像是要拥抱整桌的人一样，"我得走了。有什么需要就找'客房服务'。好好享受这些礼物吧。"他转身朝莎拉和房间门走了过去。

"我不想留下，艾尔，求你了，我真的不想留下。"莎拉在他经过时抓住他的翻领低声说。

"我想，莎拉，我需要这个！"

这声音完全不是骗子的声音，它发自真诚。这是莎拉所听过的最真诚的声音。于是她再一次——就像过去许多次一样——把自己的需要压扁成为另一个人的更大需要的子集，即压扁成为贾迈勒·法蒂的需要的子集。他是赢得了她芳心的人。他是她爱的男人。

艾尔转过身对六个男人说："莎拉问我是不是应该立刻为了你们这些绅士脱下衣服。她想让你们看看她那件非常漂亮的内衣。"

男人们异口同声地表示同意，套房里的八个人都毫不怀疑地认为，莎拉马上就会脱去她的衣服。）

她的卧室窗户倒映在镜子的一角，从半透明的卷帘可以看出天色黑了。她觉得自己在家里待够了。她已经做了她准备做的所有治疗，再耗下去只会造成更多伤害而不会有任何好处。于是她打开了一应俱全的化妆品抽屉，里面有各种各样的刷子、笔、软管、塑料盒子、神秘的圆饼、小小的魔术棒、棉花球等等。身为熟练的艺匠，她花了一个多小时化妆好让自己能见得人，但又知道这些努力都是徒劳的。除了在眼睛上面刷点迷惑性的眼影之外，她其实并没有太多办法掩盖脸上的肿起。因为她不愿把妆化得太浓以免显得荒谬可笑，所以她的伤依然显而易见。她看起来像一个想用化妆把脸上被打的地方掩盖起来的女孩，她已经尽全力去掩饰这种感觉了。

但现在一旦开了个头，她就感觉好多了，几乎是欢天喜地。阴云渐渐消散，每一刻都比前一刻明朗，每个决定都变得更简明。她又朝镜子里瞥了一眼，看见镜子里的她正朝自己笑着，宛如认为自己刚获得了痊愈。就好像所有事情都过去了，她不记得以前有过这么"没病"的感觉，也迫不及待地要去拥抱得来不易的正常生活。

她从衣柜里的连衣裙中挑出一条（她喜欢喊它们为"操我"）。这是一条轻飘飘的露背浅蓝色纱裙，很容易从头上穿脱，不需要穿胸罩。她挽起丝袜，用吊袜带夹上后，就大体上完成了她里面女性内衣部分的构建。她的内裤不过就是两个小三角形，像两个指向彼此的黑色箭头，各对对方说：你在此。

她再一次站在镜子前，望向自己的双眼。她审视自己。在这次审视中，她的样子有了微妙的转变：她的脸上带着某种公正评估的表情。天底下任何女人在看自己的倒影时都是这样的。她在这里能看到别人看不到的东西。她的审视是无止境的，在一瞬间有无数的计算、思索和判断。最后，在浩荡的恩典下，镜子里的脸暂时过关，直到下一次再接受审视为止。

她找到了自己工作用的手袋，把唇膏、保险套和几张二十块钱钞票塞了进去。今晚她可没有在赌城大道散步的打算，于是叫了辆出租车，把她送到希尔顿酒店。希尔顿离赌城大道有一段距离，位于会议中心旁边，通常很容易找到客人。她应该能找到一个以前来过城里、正在参加会议而且想找妓女的客人：这个人竭尽全力保持冷静，但因为已经硬了，所以并没有太大作用；这个人是本国人，但不是本地人。她需要一些直接简单的生意。她尽量不去担心自己的脸，这些家伙没那么肤浅。多笑笑就可以起掩饰作用。

希尔顿的最大一间酒吧里颇为拥挤。她对该怎么做已经驾轻就熟。她找一个显眼的地方坐下，确保两边都有空椅子，然后点一杯"玛格丽特"。她一口气喝了半杯，剩下的留待慢慢品尝。舞台上，一首托尼·奥兰多的翻唱曲被高声唱了起来，传遍每个角落。她喜欢这些坚毅勤奋的驻唱歌手，认为他们受了太多的侮辱。当然她得承认，任何一个真心欣赏这种音乐的人都不会看起来蠢头蠢脑。对她来说，有时它们听起来很不错。她一直想知道歌手们是怎样看自己的——但她永远都不会知道。酒吧对面有个年轻的女孩正在拉客。她避看莎拉，但明显知道莎拉的存在。和这个女孩聊天的男人长相凶狠，胡子非常多——他很为自己的胡子自豪，活像是佩戴着首饰珠宝。酒吧里的男人嗅到了莎拉的气味。年轻女孩对这场不请自来的竞争感到十分愤恨，给了莎拉冷冷的一瞥。莎拉则对她的姊妹报以微笑。莎拉总是搞不懂为什么这么多人选择轻蔑作为第一选项。她自己从不会有这种感觉。

"想再喝一杯吗？"一个貌似会议参加者的人出现在她左边。

"好啊，那太好了，谢谢你。"莎拉说，仍然面带着微笑，"你是来开会的吗？"她不知道城里在开什么会。

"看起来有那么明显吗？"他说，"我叫保罗。"他伸出一只手，表现出过去几天对数百名商业伙伴一样的热情。莎拉猜到了这一点，并好奇他是不是也想和他们睡觉。

"不，当然不是了，只是瞎猜的。我是莎拉，这杯是'玛格丽特'。"她握住了他的手，朝自己的杯子点头。

酒保是个老男人，大半辈子都在干这行。他几乎是在他们点酒之前就把酒准备好了。同样，保罗几乎在酒端上来之前就把钱付了。一张纵向叠起来的五块钱钞票在他的两根中指间有节奏地移动着，轮流指向莎拉和酒保。保罗没意识到自己有这种习惯性动作。这个习惯总是让他的妻子很恼火，她此刻正在宾夕法尼亚州修脚指甲。

"我不能不注意到，"他开始问道，"你的脸上有些瘀青。发生什么事了？"

"车祸，"她说，"不严重。"

"哦……那就好。"他看起来相信了她。他在宾夕法尼亚州目睹过车祸。

酒吧对面那个女孩站起身来，给了莎拉一个阴险的笑容，然后跟着狼人走了出去。那个家伙看起来不太对劲，莎拉希望她能小心一点。

"那么，"她试着问道，"你是自己一个人吗，还是你在利用我让某人嫉妒？"

"一个人，一个人，我在这儿是一个人。"他迅速回答道，"我能请你喝一杯吗？"

"你已经请了。你住哪儿？"她问道。

"就在这间酒店，怎么回事？"

怎么回事。他问怎么回事。这让她猝不及防。"好吧，我还以为你想找个人约会呢。"她试探性地说道。

"约会！什么，你是妓女吗？你说的'约会'是什么意思？我只是过来聊几分钟。约会？你最近照过镜子吗？我家里还有老婆呢。我还要告诉你，宾夕法尼亚的妓女在遇到车祸后可不会到处去找——你们女孩叫它什么来着？嫖客？她们可不会到处拉客！"

"对不起，"她说，"我想是我误会了。请不要这么大声，我不会再打扰你了。"

"对不起。"他降低了音量说，"你看来是个好女孩，我只是好奇你的脸怎么了。你看，这个城市里每个人都想得到我的钱，我快恶心死了。再喝一杯吧，我得走了。"他把零钱留在吧台，然后便走开了。

她觉得这并不是她应该在这里撞上的事。她觉得有点恶心，这是一种似曾相识的感觉。她已经有很久没感到这么失控了。有什么地方出问题了，它正在扰乱她引导自己的夜晚的驾轻就熟。

（安全坐在开往拉斯维加斯的大巴上开始回想的时候，莎拉惊讶于电梯来得有多么及时。只要再晚十秒或甚至五秒，一切可能会截然不同。那样的话，她可能还会待在那里，可能还得去一次昨晚艾尔要她去的那个会计师那里，为这个难闻的家伙再洗一次海绵浴。

但事情的发展如了她的所愿。形势变得对她有利，又或说是形势不再对她不利而她掌握了机会。当时，艾尔踢她的肚子，大喊"给我滚"，然后转过身去找他最新的女孩。莎拉果真这么做了。这是她第一次真正离开；不只是离开了房间，而且是离开了公寓，最后甚至是离开了城市。

他知道这个。他知道自己做得过分了。他感觉到了有什么不对劲。莎拉在等电梯的时候听见他高喊她的名字，命令的语气中带有一种害怕味道——这是以前从没有过的。现在还可以回去，咻咻上升的电梯离她还有一段距离。和她在一起的是两个无形的选择，两者都竭力地要实现自己的目的：是沿着走廊里的地毯走回去，还是走到酒店大堂的地毯上？她站在原地，难于抉择。

等待就是她正在做的事情。就像给人打手枪或是口交，这是一个执行性的行动。这是她的本分。她可能尿裤子了——因为她后来发现裤子湿了——但她觉得做了这件事情感觉很棒。

她一下释然了，看到了她要走的路，这让她在电梯门打开时能从容地走了进去。当时还没有听到艾尔赶来的声音。电梯门关上的同时，外边传来了微弱的玻璃杯摔碎声。下楼的一路上，她脑袋里都有一个声音叫她要一直做下去……

……一切都会没问题的，她在大巴上告诉自己，这时车子已把巴斯托远远甩在后头。）

"没生意吗？"一个迅速移动到她背后的胖男人问道。他看起来有四十四五岁，是个纯种得火的白种人。他的衬衫领口敞开着，覆盖在西装翻领的外面，露出一大片一直长到肩膀下方的茂密胸毛。他的五官大而冷峻，统一在一个带有恶意的傲慢笑容中。

她怯生生地看着他。"你一直在听我们讲话，警官？"她说，虽然明知他并不是警察。

"警官个屁。"他说，"听着，宝贝，和你说话的可不是乡下来的小子。我可不是刚才那个窝囊废。我知道你为什么来这里，而我很感兴趣。但价钱如何？你这张被当成沙包揍过的脸让我有什么折扣没有？"他残忍地笑起来，"只是开玩笑罢了，毕竟我要用的不是你的脸。"他突然安静下来，就像是要传达某种特别的信息，然后又入神地望着她，好像能看出什么来似的，"是艾尔叫我来的，就是那个阿拉伯人。他说你讨人喜欢。这样的话多少钱？"

她一定是非常冷，因为她背上的那只手让她感觉有点热得不同寻常。她的耳朵里传来了那个胖男人的声音：现在他就在这儿。服务生的推车从一旁经过，玻璃杯叮叮当当地响着，让人心烦意乱。这时一根手指沿着她的脊柱划了下去，她转过身去想看看是谁在她后面，一面转身一面发抖。

然后她与他四目相接，而七年时间就这样消失在让人厌恶和充满血丝的一眨眼中。

"回答这个男人的问题，莎拉。他想和你一起待一会儿。"贾迈勒·法蒂说。他现在靠了过来。他也许会对她的脸的状况感到惊讶，但这在过去从不被当一回事，而他的脸则是他一贯的表情：冷酷，怡然自得。

莎拉望向别处，眺望熙熙攘攘的赌场：那里有无数的人为了同一目的团团转。在她的一生中，她从不曾归属于规模如此之大的群体，甚至从未想要一尝滋味。她记不起这是什么酒店了，不过她发现这一点完全不会让人感到不安。她说："艾尔。"然后感觉到对某种现在不在这里的东西的渴望。她不知道那会是什么。

胖男人将他的脸凑近了些，正对着她的脸。他的古龙水气味包围了她，粗暴地攻击她的眼睛和鼻孔。"来吧，宝贝，你还在等什么？我是来自高兴星球的男人！五张钞票换你到楼上去一个小时如何？"他说道。

"好吧。"她回答说。

他转过身要离开，示意她跟着来。

艾尔立刻抓住了她的手腕。"把你公寓的钥匙给我，莎拉，我会在那里等你。"他把她的手袋翻了个底朝上，找出她的钥匙，还拿了一些钱。"你最好快点把酒喝完。有个客人在等你，而那是你我都失去不起的。"他说，说完便走了。

她试着把酒喝光的时候感到一阵恶心，于是就剩在了那里。在电梯外面，她赶上了她的客人。

"你的脸怎么了？"他问，"如果你不介意的话可以跟我说说。"

"只是有一天晚上遇到了几个孩子，"她说，"他们被吓坏了。"

他点点头，笑了起来。

他们默默无语地去到他的房间。她感觉自己正在分裂，一边奇怪地感到松一口气地如释重负，一边又惴惴不安。她再次成为一名观察者了。他打开了房间的门。

"你们这些女生总是想去一下洗手间，对不对？那就去吧。在那边。"他说，然后上了床。

莎拉关上洗手间的门，打开了水龙头。她往脸上泼了些水，然后撒了泡尿。她的手冷冰冰，嘴唇干巴巴。她看了镜子里的自己一眼，然后关上洗手间的灯，走出来到了他面前。他躺在床上，双手枕在头下面，看起来非常放松。

"我的钱呢？"她问道。

他指了指梳妆台。她拿起钱，塞进手袋里，开始脱衣服，最后赤裸裸地站在他的面前。

"你想要什么？"她问道。

他从床上弹了起来，脱掉了自己的衣服。他全身都是毛，而且比她以为的还要胖。他双手支在臀部，自豪地向她展示他的巨大勃起。

"躺下。"他命令说，"我要在上面。"

她躺在床上，分开两条大腿。他骑上去，不以为耻并让人疼痛地快速插入。他的肥臀把她的大腿撑得太分开，她为此蹙眉，但没有说什么。他毫无顾忌地撞击她，在数百个位置以数千种方式蹂躏她。她肛门的伤口再次裂开了，而她感到有一小股混合了血液和汗水的暖流流到了床单上。她咬紧牙关不哭出来。他最终把鸡巴拔了出来。

"你真挺得住，"他笑着说，"你的朋友艾尔不是说笑的。改为从嘴巴来如何？"

她顺从地爬起身，但他把她按下去。

"你躺着不要动。"

他跨坐在她脸上，把鸡巴塞入她嘴巴，将她的头紧紧压在枕头上。上身靠着床头板，他恢复臀部的激烈下压动作。她拼命转动头部，想要配合他的动作。但他只有兴趣操她的脸。他的鸡巴反复刺戳到她的喉咙底。他的强烈抽插让她的颈背仿佛快要折断，而他也抓住她的头发让她的头不能乱动。突然间，他把鸡巴抽出，定睛看她。然后他用一只手固定住她的头的位置，用另一只手自渎。

"我要射在你的脸上，宝贝。"他说，"我要射在你又紫又青的婊子脸上。"

他把精液射到她脸颊上。他放开她的头，用这只空出来的手把精液抹遍她的五官和头发。直至倾其所有，另一只手才慢下来和停下来。最后，他从她身上翻下来，颓然倒在了床上。

"滚吧。"他说，从侧面踢了她一下。

她穿上衣服，在洗手间里只待了一小会儿，擦了擦脸就离开了房间。

感觉上电梯永远不会来，但最后终于来了一部。

（虽然很粗暴，但起码还是个客人。艾尔为我找到了一个客人。）

她进了赌场，玩了大约一个小时的二十一点。

（现在一切都顺当了，一切又回到了轨道上。）

她下的注不大，只输了一百块钱，她耸了耸肩，走出去搭出租车。

（什么地方应该还有一个更坚固的联结。应该还有另一个层次。）

她告诉司机目的地，然后关上了车门。

（她父亲以超性的方式爱她，因为太升华而没有乱伦的可能。）

司机说不好意思小姐。

（）

司机说不好意思小姐。

（）（）（）

"不好意思，小姐，"司机转过身说道，"我好像没法把计价器打开。它准是坏了。你可以换一辆出租车，要不然我就全程算你十块钱。照表跑的话大约也是这个价钱。"

"听起来公道。"她说，一开始面无表情，但后来联想到这话可以是个双关语① 而迸出一个大笑容。

出租车开动后，她在手袋里翻找十块和五块的钞票。她首先找到粉盒，打开来朝小镜子瞧了瞧。她瞄到她头发上有干掉的精液。干，她心想，今晚得要洗头和无法马上睡觉了。

"你的脸是怎么了？"司机看着后视镜问道。

她抬起头，听到这个问题有点吃惊。

"没什么。"她说。

---

① 英语"公道"（fair）和"车费"（fare）同音。

酒
吧

●

"突破音障!"

酒保得意扬扬地转了一圈,啪地把一块脏兮兮的湿抹布摔在了吧台上。但他的观众投来的视线提醒了他,他已经是公认的"朝会"主礼人,必须保持礼仪。"突破音障。"他改为轻声并满有权威地说。

"突破音障?"站在摄影棚右上角一个三英寸高的参赛者猜测说。她说这话时改变了通常的抑扬顿挫,没有将重音放在"音障"二字上面。那些在酒吧看节目的人都仰起了头,无声地翕动着嘴唇。

"答对了,是'突破音障'。"节目主持人回答说。

"你应该参加这个节目的。"每天早上都有几个沙哑的声音在吧台的远端这样主张。

酒保点点头，严肃地表示赞同。

班恩充满渴望地看着电视。现在是十点，游戏节目是他们每天的高峰。他再也不需要打电话向公司请假了（无论是今天、明天还是下个星期几都是如此），早上三发强劲的蔓越莓伏特加已经灌下肚子并被留在了肚子里。他准备再坐一会儿，看看游戏节目的模特们展示奖品——都是些漂亮女生和昂贵得他妈的要命的奖品。

他的视线越过阴极射线管上的伪真实画面，进入到更深层次的幻想中。他正看着一个在好莱坞长大的美国甜心，但他看到的却是一个穿着皮短裤和透视蕾丝胸罩的危险女人。她凌乱的黑发遮住了大半张脸，看样子刚被睡过，或者更精确地说是她八成刚睡了某个人。现在她正看着他，和他说话，准备好向他献身。

好好看看这他妈的摄影棚吧，班恩，她说，这里堆满了闪闪发亮的奖品，让人血脉偾张的豪华大奖，其中还有一份特别为你而设的额外奖品！一辆超级无敌的黑色宝马摩托车，上面的马鞍包里还放着几百几千元美钞！那么，现在让我们找间酒吧，喝个酩酊，再骑上一程吧。然后我们去某处开间套房，用客房服务叫来几箱波本威士忌、伏特加或者任何你想要喝的酒，另一方面傻乎乎地开干。然后早餐来点儿香槟，再来一程他妈的急速飙车，去泡更多的酒吧。就是这样，只为你而设，班恩，因为你一直好有耐心，也因为我想操你，照顾你，也因为这个世界没什么其他事值得做。

等等……哇，好了：恶心的感觉被压下去了[①]。接下来大概该聊聊天。不，还没没没没到时候。他伸个懒腰，肩膀朝后动一动，深呼吸，打个哈欠，就像刚醒来那样转转转动脖子。他感觉好多了。他已经准备再喝第四杯。他已经等得够久了，而到了现在，他的真正的日子可以展开了。恶心的感觉已经又被压下去了，他必须要注意时间的拿捏。第四杯和接下来的其他杯会在越来越不精确的间歇被喝下，这样可以维持他的身体健康错觉。这也可以让恶心的感觉在接下来的一天里都无计可施。他将可以在穿过地狱之旅中安然无恙。啦啦啦啦啦啦。

他盯着他那只伸向细细红色吸管的手看。没看到任何颤抖，没有任何明显的颤抖。他把吸管从它执行本来功能的地方抽了出来，扔在了杯子下面的纸杯垫上。一小滴蔓越莓汁滴在一个漫画男人的脸颊上，形成了一个红色小污点，他头顶上的说话圈圈[②]里写着：俺的老波（婆）不理遮（解）俺。

班恩现在并不需要吸管，至少到明天早上都不会需要。

---

① 酒鬼每天刚开始喝酒都会感觉恶心想吐。
② 漫画里用来圈住对话的圈圈。

只要他想，他可以随时举起杯玻璃杯喝酒，并且不会弄洒一滴。咔嗒，咔嗒，咔嗒①。他回归正轨了。事情并没有那么糟。因为感触很深，他突发奇想地将自己的短暂幸福和那个刚猜出谜底"天空是极限"而赢得三千两百块的克利夫兰小学女老师相提并论。他们都得到了小小的奖品。他们都是从小小的线索开始下手。她的线索是：四字成语，由十五个字母构成，有一个撇号②。他的线索是：你每个该死的早晨都做什么③？

这里的吧台是很特别的锁眼形状，班恩一如既往地坐在圆形部分的低端处，可以看到吧台的全景。酒吧里的各人包括：酒保，他总是在读《洛杉矶时报》；少量常客，他们总是在回味前一晚的豪饮；一个相对而言衣着体面的商业人士，他正把一杯混合了啤酒的西红柿汁灌进肚里——通常还会有第二杯（酒精让一切变得可预测）。班恩对这些人无一认识。他在这里说过的话仅有"嗨""伏特加""蔓越莓"和"谢谢"。事实上，这间脏兮兮小酒吧最让他喜欢之处（这里是他最常光顾的酒吧之一），就是没有人会等他或者是打扰他。他可以人在人群中，但仍然与酒单独相处。不过现在说这个已经没有实际意义了：已经有好一阵子在任何地方都没

---

① 喝酒的声音。

② 这是猜谜游戏的谜面，谜底是"天空是极限"。"天空是极限"为英语成语，原文是 the sky's the limit。

③ 指他不屑每天早上上班去。

有人等着他或打扰他了。

电视大概是酒吧里最亮的存在体，也断然是这里最亮的光源。这是好事：他可不想看见酒吧旋转凳下面发出气味的来源[①]。主要是顾客的素质使然，这地方相当不洁净。班恩虽然讨厌污秽，但他知道这也是吸引他来到这里的因素之一。如果是他，要吐的话总是会跑到男厕所的洗脸盘去吐。洗脸盘是最适合快速呕吐的地方，对着马桶吐实在太恶心。红色的蔓越莓汁漂在白色的瓷壁上，就好像是把钱扔到了排水沟里，但至少下一杯会好好地待在原处[②]。

吧台的表面外围裹着一圈红色的塑料垫子，上面满是割裂和灼烧的痕迹。它在他用手支着下巴盯着电视看的时候，为肘部提供了一个柔软的靠依处。它勾勒出吧台的形状，可防止他找不到。它为他勾勒出一条需要逾越的红线。他坐在那里盯着电视看的时候可以跨过红线。他可以不用离开舒服的旋转凳就跨过这条线。

这里是他的早上酒吧，他的电视游戏节目酒吧。但有时他来晚了，电视上净是些无聊的运动赛事。他受不了运动节目，所以目光会下斜几度，欣赏一排一排的酒瓶。它们都站在自己的倒影前面，让他的幻想更加绚丽。他察看后排、前排和旁边的酒瓶。他估算它们剩余的酒量、估算它们有多长

---

① 这气味是干掉的呕吐物的气味。

② 呕吐之后不会再呕。

时间未被人碰过，还估算它们瓶盖上堆积了多少灰尘。他盯着奇形怪状的容器里的红、蓝色液体看，直到开始感到恶心才迅速望向别处。考虑到管理阶层的质量，他想知道有多少瓶子的实际内容和它们标签上的名字相符，又有多少酒被稀释，或是掺了较便宜的牌子、年份较近的调和酒、假货和没品牌的伏特加。他总是喝同样的早餐酒，但每次他走进来坐下的时候都有置身圣诞节早晨的感觉。或者这里就像是一家糖果店。就像所有他孩童时的快乐回忆都在这里重现。许个愿吧，酒瓶大军会回应你的。这是一个有无限制选择的舞台：它让他所得到的东西——他总是得到的东西——变得更富有魅力了。

"我们明天再见。现在要说拜拜了。"电视节目主持人说，他的话一下子就被摄影棚里观众的掌声淹没。掌声大得有点不可思议，感觉是奉命而为。接着节目有片刻被黑屏取代，然后传来让人安心的声音："乐子才刚开始，还有更多精彩节目。所以不要转台，一整个早上都有满满的笑声和奖品，打头阵的是……"

这足以让他消磨到十点半，他想。那样的话还得再等一个小时，真正的酒吧才会开门。那之后，他就能坐在西洛杉矶比弗利山庄的餐厅酒吧里，喝着上好的美酒了。他的一天要到那时才告真正开始。他的胃会准备好迎接波本威士忌和啤酒，或者是马丁尼，或者无论什么酒都行。他会用喝酒消磨下午的时光，看着电影人、西岸的股票经纪或任何不用回去工作的人微笑或大笑。一个小时正好。他会利用这时间先回家干一杯伏特加再冲个澡，然后穿上件帅气衣服，在十一点半到十二点之间去比弗利山庄。还是快十二点的时候去吧，就十一点五十。这样的话，就不会显得他是在等酒吧开门了。

时间对于他来说变得非常重要，变得比原来他有工作的时候还要重要。很多次，他在早上三点从醉里醒来之后，发现房子里一滴酒都没有。当时钟的指针在他和似乎永远不会到来的法定可买酒时间六点之间转动的时候，他的恐慌会呈指数增加。他小心建立的库存原意是要支撑他熬过两点到六点这段荒芜时段，但它们通常都会在他越过谨慎划定的界限后便被盲目地灌入无底洞。有一次他终于按捺不住，冲到二十四小时营业的便利店，满心感激地用高价买了一瓶家庭装的李斯德林漱口水①。八分钟后等他将车停在了自家的公寓前，瓶子已经空了一半，他也慢慢平静下来了。他熄了火，停下了内燃机。

所以他的人生会被法定的止酒时间反复打断。硬式酒吧会在清晨六点开门，便利店也会在这个时间开始卖酒——不过它们有时会选择晚点开门，把它们的道德观强加于一些流着汗、颤抖着的可怜虫身上。对于那些不想承认人应该太

---

① 李斯德林漱口水有酒精成分。

早喝酒又不想让生意就这么溜走的酒吧来说，九点被认为是安全的开门时间。这些地方的酒保在递给客人一杯酒的时候会无法察觉地停顿半下，以示不以为然。下一个里程碑式的时间是十一点半。到了十一点半，人人都承认现在是可以喝酒的一天的开始，于是它们骄傲地开门营业，尽情把藏酒倾倒出来。从这时一直到午夜之前都会顺顺当当。等到午夜来临，大部分爱惜羽毛的酒吧都会打烊（也有一些会提前打烊）。其他过了午夜还开门的酒吧八成会开到两点（严格来说是一点四十五左右），这是一天中最重要的时候。它们从不会晚于两点打烊，除非店里的酒还够你喝四个小时——那可不是小数目。

从洛杉矶开车到内华达州——这个州任何时间都有酒卖——需时约五个小时。你要坐飞机也行，但深夜没有航班。当你在深夜两点半无酒可喝的时候，去内华达州这个馊主意会在你的脑袋里挑逗，啃咬。班恩常常琢磨要不要这样干，只是那根本解决不了问题：等他去到内华达州，洛杉矶的酒吧也开门了。

现在是十点三十一分，班恩干光杯里的酒，站了起来。他喃喃地说了句"谢谢"，不等对方有所表示就转身向门口走去。外面的天空依旧十分阴沉——这就是洛杉矶的春天。他径直朝自己的车走去。虽然摇摇晃晃，但他感觉没问题。

回家的路上，他在一家酒铺停了下来买了罐啤酒，以便一面开车一面喝。班恩感到兴高采烈。他的一天已经正常启动了，一切都值得期待。他有了个计划，现在一切都会慢慢变好的。他打开收音机，思考等一会儿换衣服时要听哪张专辑。虽然明知口袋里剩多少钱，但他还是翻了翻口袋，由此确认了他有必要在自动取款机前面停一下。

钱，钱，钱。这些天他花了一大笔钱。上周他丢了工作，换来的是一张金额可观的离职支票。他的前雇主真的很喜欢他，对于解雇他这件事觉得非常内疚。虽然他是不经意才会在酒吧待了整个早上而错过了解聘会议，但在签到之后，他又在早早出去吃午饭时被老板撞个正着。颇为讽刺的是，如果他知道那天早上等待他的是什么的话，他会特意准时的。他在这方面还是很有责任心的。所以他们叫他过去（当时他已经知道原因），要他离开。他感觉很糟糕，但不是因为被解雇，而是因为他的老板就快哭了。他怎么能责备他们呢？要知道，过去的一年半里，他每天的例行公事都是：迟到（差不多十一点才来上班）；和柜台接待员打情骂俏；十一点半提前去吃午饭；三点左右才吃午饭回来；把今天的"必办事项清单"复制到明天的行事历；在办公室里快速地绕圈走；不到四点半就早退。在这期间几乎每个人都知道他这样做，他也知道他们知道。一直以来大家都相安无事。但并不是说他已经毫无价值，他还是有用的。至少他在不让任何事出乱子上还能靠得住，而且他修好了所有坏掉的东西。

修东西不是他的分内事，但因为他有这个能力，他就做了。他知道有一双巧手更能让别人容忍你。他们包容了他，甚至喜欢他——能喜欢多久是多久。他们给了他一张丰厚的支票以减少自己的内疚。支票金额包含了假装是假期和病假的补贴，还包含他根本没资格领取的离职金，好像这样就能帮助他重新振作起来，再找另外一份工作。但他们和他都知道这真正代表的只是他妈的放浪豪饮。

钱，钱，钱。他的离职支票，加上他一度可观的储蓄所剩余的，给了他差不多五千块钱。除此之外，他的信用卡还能刷至少一样数目：他的信用一直不错，而在红色警告开始出现在显示器上他的名字旁边和有打印资料从这里寄往亚利桑那州之前，会有六十到九十天。

钱，钱，钱。现在他有一万块酒钱。如果他停缴月结单，只付一个月的房租，同时还保持他几乎不存在的社交生活和吃饭习惯的话，那么这笔钱几乎可以通通用来喝酒。如果他每天喝一百块钱的酒（他的确能做到），他就还可以喝上一百天。这只是简单的算术而已。

他去厨房拿了那瓶伏特加。这个放在白瓷砖台子中间的酒瓶——总是快要见底——是他的家用酒瓶。它是他的医药瓶，他的救急瓶，他的路上瓶。它是他的万能瓶，让他可以总是符合自己的人设①。他倒了一大杯酒，往里面加了些奎

---

① 他的"人设"是醉酒。

宁水。这真是相当多的伏特加，代表着早上的最后一道栏。现在他感觉还好，但他知道如果能把这一大杯喝下去的话，就不会在公共场所出现尴尬情况了。坐在酒吧旋转凳上呕吐这种事在比弗利山庄是行不通的。他带着满满一杯酒去洗澡——这是为了安全起见。

一切都进行得很顺利，等到洗完澡，他已经感觉很棒了。现在他急需听听音乐。他就这么湿答答地走到了音响旁，放了一张他在喝酒时喜欢反复放的二十来张唱片的其中之一，打算一直放一直放。他又倒了一杯酒，跳着舞回到浴室里，准备好好地刮一刮胡子。

对班恩来说，刮胡子能够证明一切都还好。这寥寥几分钟暗示着社会性的行为，似乎能够让他相信他和其他正常世界里的人一样，是在过着自己的生活。他只是另一个以起床开始例行一天的家伙，会平凡无奇地度过一天，然后回到家里上床睡觉。他是机器里的一个小齿轮。他是被肉体驱动的一个字母，却不凑巧被想象力所困扰。例如，他刮胡子的时候都是习惯先刮嘴巴周边，这样的话，他即便没有刮完一样能喝一口酒（他的心总是静不下来）。

他望向镜子里面，并不介意自己是个酒鬼。这个话题完全和他无关。他是带着目的蓄意这样做的。没错，我当然是个酒鬼，他心想。但这又怎么样？那并不是重点所在。死的方式有百万种，他只是要摘一片生活罢了。让它见鬼去吧，上帝。摆布思想的方法有一千种。就像他和朋友们以前喜欢开玩笑说的：是时候剪头发、找份工作和放弃人生了。哈哈。他并不是错在是个酒鬼，这没什么大不了的！他是错在迷失了方向——完全地迷失方向。

他边听音乐边穿衣服，不时跟镜子里的自己跳舞：你会和我一起出去吗？为了掩盖酒精散发的气味，他喷了太多昂贵的古龙水。领带打好后，他穿上笔挺的西装，然后快速转身，往起居室走去。在起居室，他被矮脚咖啡桌绊倒，头撞穿上面的玻璃。一开始他还呻吟着，但不久便打起了呼噜。

*　　*　　*

现在公寓里非常安静，就好像任何一间住户都去工作了或度假的空公寓或空房子一样。班恩跟其他一动不动、耐心守在自己位置上的物品在默默地交流：他是一件自有主张的物品。冰箱充电器自动开启和关闭，忠实地冷却着它近乎空空如也的内部，遵照着作为主要家电的协定行事。一个时钟的一根指针在移动（事实上所有时钟上的所有指针莫不在移动），但严格来说它是沉默的。一颗心脏正在跳动。各个器官在衰退。这个地方有些什么会让人厌恶。它是你可以捏在拇指和食指之间感受到的，就像有毒喷漆之于一个盲人。有视力的人可能会看出喷漆的颜色非常恶浊，要么是马上离开，要么是怀念从前的涂层。

等班恩醒来时天色已晚。他大惊失色，发自本能地去看表。时间是十点半，这让他稍微放松了些。他站起来时，被撞碎的玻璃在他脚下吱嘎作响。他抖了抖身体。这一天泡汤了，但其他一切看起来还在有序地运行着。他用走进厨房作为测试伤势的方法：有点疼，但到目前为止没看见血。真是他妈的一团糟。他把瓶子里的伏特加都倒进杯子里，走到了镜子前。一点血都没有。他把头发上的碎玻璃拨掉，把割破了的西装换成运动夹克，然后走到街上，去酒铺买了两瓶五分之一加仑装的伏特加。这样，他就能对付白天的不幸扭伤，再为晚上制订计划。事实上，他感觉得到了充分的休息。

他此时完全有能耐走到酒铺去，这种情况很少见。他怀念走路，怀念脚步轻快地走在威尼斯①的木板路上或运河边，或是不那么轻快地走在沙滩上（结果是迈出的每一步都是那么陌生以致无法掌握平衡）。走路让他感到无拘无束，让他可以快速移动，观察那些他经过的人的生活。以前他走得很快，比任何人都快，而且根本不费力气。他会用他的正常速度舒服地行进，经过人行道上的每个人，让不幸的同伴需要时而快走时而小跑才跟得上。从前他的足迹遍布各处——图书馆、超市、圣莫尼卡的购物中心——现在他出门

---

① 指洛杉矶的威尼斯。

都是开车。他的体力因为酗酒而衰减，心理上又害怕离酒的供应来源太远，所以他现在的走路范围就只有从前门到车子的距离。酒铺离这个范围只有半条街，所以他有时会破例。但他的确怀念那些快步走的长途散步。那是他比他所知道的任何人都做得更好的事。

在从酒铺回家的路上，他走在一个遛狗的美女后面。他没有看到她的脸，但她从后面看起来很漂亮。她不只是身材好，而且走路的样子和举手投足都很好看。这个女孩看起来扬扬得意。他考虑了一会儿，发现这也许是他所能记得的唯一懂得如何去欣赏的艺术，并且他也不确定那是他人格中好的一面、坏的一面，还是中立的一面。她现在看起来很漂亮。如果他始终没看着她的脸，或者如果他看到了她的脸但不喜欢，她还是漂亮的。他把这个特别的见解看作他少年时代的感受的一个精炼和成熟的版本。要是以前，他会希望她有一张漂亮的脸蛋。当然他现在还是如此希望，但对他来说，现在她的美丽已经不再取决于她的脸蛋了。他在神游时想着她的内裤，把她包围在了一种夸大的想象中。对于在一个陌生女孩后面跟了并不久这件事来说，内裤未免是太具体的想象了。然后他又好奇这种心理歪斜是正面还是负面的。他最终断定它是正面的，因为一个人再怎样具体都不为过。不过根据定义，无限小必然跟无限大一样是无限的。她已经停下脚步，所以他突然就站在了她旁边，看到了她那张狐疑的脸。他感到很失望，笑了笑走开。她年轻得要命。

回到家后，他喝了几杯伏特加，洗了杯子，然后又穿戴整齐，在出门前又把杯子满上。他决定先开车去比弗利山庄，找一两个地方来杯关门前的酒，然后再去某个离家较近的脏兮兮的酒吧为今晚做个最后总结。一如既往，他把车开得非常平稳。只有业余的酒鬼才会蛇行，他可不会。他不止一次和巡逻车并排开了数英里，过程中完全大醉且满不在乎。他知道自己不会因为乱开车而被捕，而只会在某天因为反应不及而撞死自己或别人。他觉得后一种可能性——谋杀——是无法忍受的，所以尽可能不去想它。

去年他在圣地亚哥四〇五号高速公路上被拦了下来。当时是凌晨四点，路上几乎空无一人，所以他在下坡时开到了时速九十五英里。他一般不会这么明显地违规，但他那晚嗑了很多可卡因——比平时还要多。他并不喜欢嗑药，并且急着回家好再喝他的第 n 杯酒来解可卡因。当他不经意地向左边的窗外一瞥，却看到一辆警用摩托车跟着他——没有鸣笛，只是跟着他。警察朝他挥了挥手，他也挥挥手并微笑。警察示意他靠边停车，他照做了。他从车里出来，站在驾驶座的门旁等着被铐上手铐。

"开得挺快的啊。"戴着头盔的警察说道。

"对，我猜是挺快的。我回家太晚了。我的脸上有唇印吗？"班恩伸出脖子等着警察来检查，并且对自己脱口而出的话感到很惊讶。

"住哪儿？"警察问道。

"威尼斯。"班恩说。他主动把驾照从皮包取了出来，不过警察没有理会。

"慢点开。"警察说，骑回摩托车上，"回家吧，没事了。"

所以班恩回到车上开走了。他小心翼翼地开回到家里，在脑子里一遍又一遍地回想这件事情。他一点也没感觉自大或是有多机智，只是觉得很有意思。他无法理解他那点小幸运是从哪儿来的。

除了在四〇五号高速路上超速之外，他在醉驾时唯一做过的另一件真正的傻事是打碎自己的车窗。当时他喝光了一瓶啤酒，将空瓶扔到车地板去。这是他的一个习惯，他更喜欢把空瓶子扔到垃圾桶里，而不是乱扔到街上。这点小小的环保意识一直都保持得不错，但偶尔在某些场合（例如遇到临检的时候），他会不得不清理车上可能会成为证据的东西，也就是那些空啤酒瓶。这种情形一天晚上就发生在月桂谷。当时他并没有开很快，却看到有个警察从超速监视区开出来，跟在了后面。正好树荫浓密的道路前方有个急转弯，所以一过了弯，他便从地板上捡起空酒瓶，往他以为打开着的副驾驶座窗户扔了过去。接着，砰的一声，安全玻璃碎裂，散落在了车子里。但原来警察并不是要抓他。自此，班恩每次想到这事就忍不住大笑，故意一直不更换车窗。第二天他甚至在副驾驶座找到了完好无缺的酒瓶。

他在进入比弗利山庄后极为小心，对于覆盖这城市的超饱和警力异常警惕。他把车停在了半住宅区的新月路（Crescent Drive）上。这里离酒吧区足够远，直接从车里走到酒吧或是从酒吧走回到车里都不会被看到——这是在比弗利山庄喝酒时须有的许多额外预防措施之一。

他常常去的第一站已经灯火通明[①]。虽然这酒吧的人熟悉他，也会在最后点酒通知[②]后继续为他服务，但他没有停步。如今，他得尽可能先使用信用卡，把现金留下来过接下来的日子。比弗利山庄比威尼斯更适合刷卡的酒鬼。但如果有一个地方在最后点酒通知后只会为刷卡的顾客服务，那并不怎样让人愉快。现在才午夜，还有别的选项。

他沿着戴顿道（Dayton Way）向几英里外的华特区开去。叫"道"（way）的街和叫"路"（drive）的街是互相垂直的，但也要看是从哪个角度算。如果把威尔榭大道看作 X 轴的话，那么你在比弗利山庄就不会找到太多的垂直线和水平线。又如果把圣莫尼卡看作 X 轴的话，那你就会分不清北方和南方。这里的街道看起来不错，但也说不上有多好。这是个名过其实的城市。这里有很多钱，但很有钱的地方多的是。白天这里的人口不算多，至少在南加利福尼亚州不算

[①] 酒吧要打烊时会亮起全部灯光以赶客。
[②] 酒吧在准备打烊时会提醒顾客还要叫酒的快叫。

多，到了晚上，餐馆里挤满游客和山谷居民，他们都会仔细检查账单和掂估该给多少小费。比弗利山庄只是洛杉矶一个不错的部分，哪怕严格说起来它不是洛杉矶的一部分。[①]

他溜进了一个会稍微晚一点关门的地方。酒吧里坐了半满的人，大部分顾客都像是刚来了一会儿。他喜欢这个时间的酒吧。午夜还在喝酒的人一般都是很爱喝酒的——哪怕不如他那样爱喝。比午夜的酒吧更胜一筹的是早上六点开门的酒吧。那是最棒的，绝无伪装的。在早上六点喝酒的人是那种无时无刻不在喝酒的人。一切都是明明白白的：早上好……早安……嗨……您要点什么？……您今天早上如何？……苏格兰威士忌加牛奶……早上好……请给我一杯威士忌加水……你试过"七七酒"吗？……拜托，我一大早可吃不下那么多的糖！……早上好。班恩点了酒，拿到了双份的"威凤凰"和一瓶德国啤酒。他坐下来喝酒，然后又点了更多的酒，并把美国运通卡递过去押在了那里。他看到酒吧里有个女生独自一人。其实，他一进酒吧就注意到她了。现在他正看着她。她朝他笑了笑，然后把视线移回自己的饮料上。他朝她走过去。

"晚上好。"他说。

她往后退了退，皱了皱鼻子。"你喝了一天了？"她问道。

---

① 比弗利山庄被洛杉矶围绕，但行政规划上不属于洛杉矶。

"那是当然。我叫班杰明，昵称班恩。"他报上姓名。他感到很不爽。他这辈子都无法理解为什么每个人都能在一英里外就闻到他的气味。这真让人灰心丧气。无论他怎么洗澡、漱口或是喷香水，闻起来还是一身酒气。一定是由于它已经成了他一个基本构成部分，以致变成了他的自然气味。这就解释了他为什么闻不出来酒气——不仅闻不出自己的，也闻不出别人的，甚至闻不出其他酒鬼身上的酒气。

"我是泰瑞。"她说道。班恩伸出一只手，并装作没意识到自己这样做的样子。她双手捧起杯子，用吸管吸光了酒。她刻意把杯子吸得吱吱作响，以便让他明白自己是什么意思。

"我会再给你买一杯的。"他说，说着把自己的双份波本也一饮而尽，"也会帮自己再买一杯。介意我和你坐一起吗？"

她挤出了一个微笑，但脸上还是带着一种被冷水淋过的小狗的表情。她看到他醉成这样觉得很失望。当他走进酒吧时，她有的可是完全不同的想象。

"我们喝完酒一起到我在沙滩上的公寓去如何。我们可以看场电影，而我会给你做一杯甜甜的混合饮料。"他说。其实他心里感到畏缩。他身上的一部分知道这样做很蠢。每当有人表现得对他不感兴趣，他内心的小小防御机制就会启动，将他的信誉给破坏掉。他晓得自己已越过了自持酒徒和惹人厌愚蠢酒鬼之间的界限。但起码这次他意识到了这一点：他会尽力把程度减低的。

"啊，谢谢，但我不想去。我喝完就得走了。我明天要起很早。"她说。

他们拿到了酒，都喝下一大口。现在班恩已经喝蒙了。他不再能监察自己的行为，不再能美化自己。之后他会知道这一点的，但现在他不知道。他已经不是自己。

"我真的很希望你和我回家。"他口齿不清、断断续续地说，"你好可爱……我的床上功夫真正了得……相信我……你闻起来也很香。"他停下来，皱了皱眉，"不要？好吧。"他对着自己的酒杯喃喃自语。他坐在旋转凳上转来转去，双肘支着吧台保持平衡。

她开始说话，然后又不说了。她看着他，脸上带着一种极悲伤的眼神——这悲伤强烈得超过她的脸让人相信她能感受到的程度。班恩没有看见，但她这表情也没浪费，因为它让班恩对她比原来更感兴趣了。这并不是她的本意，她也对此感到惊讶。

"也许你不该喝这么多。"她说，"我得走了，谢谢你的酒。"她站起来，迅速走向门口。

她的轻描淡写看来给了他灵感。"也许我不该呼吸这么多，泰瑞！"他朝她背后喊道，"哈哈！"但她已经走了。酒保摇摇头，放下了手里正在洗的杯子。

"老兄你该走了，"他说道，"我们打烊了。"

他把班恩的信用卡放在了吧台上，等着他签名。班恩在小费栏和总额栏填上数字，在账单上签了名，然后把收据放到钱包中日益增多的一沓收据里。他得记住把它们扔了。

离开酒吧总是一种让人丧气的经验，让他感到茫然，心神微微震动。他应该马上随着这个夜推进：已经越来越晚了。他的表在快两点的时候会加速运行。这理所当然，他心想。从两点到六点总是有很长的一段休息时间。现在还有时间让他去他家附近的一间酒吧稍作停留。但他得首先去商店备货。他还有刚好足够的现金。到取款机提款、在家清扫碎玻璃——这些事可以等到凌晨再做，反正那时他没有更好的事可做。

在向车子走去时，他有种奇怪的感觉。一切都有可能开始迅速崩塌。他站在岩突上，眼看就要再无法握住他在这个世界上的扶手：酒精。他对此已有心理准备，准备好坐下看着。现在，时间是他生命中最恼人的事物。拉斯维加斯在他的头脑里若隐若现：没有禁卖时间，到处都有酒喝，那里无可避免是他的最后归宿。他所要做的就是记得不要醉酒赌博，也就是说根本就不要去赌，这样他就能最大限度地把钱留来用于最后的了结。他身上的一个部分害怕去那里，因为他意识到这种头脑清晰的想法必然会在"贪得无厌之城"避开他。不管怎样，他必须在工作时间尽快去一趟银行，把大部分的现金提出来，只留一点可以在拉斯维加斯或其他地方的取款机上随时取出来的钱。他应该把所有现金都拿在手上，因为谁知道有什么事会发生呢？现在尤甚于以前的最起码要求就是：一直能喝到酒。要一直能喝到酒。

在商店里，他没法强迫自己去买半加仑装的无牌子伏特加。他想起家里还剩一些酒，所以最后决定买五分之一加仑装的波兰伏特加。都这么晚了，为什么还要搞东搞西呢？追求纯粹只会给整个不幸的一团混乱添加上一些艺术气息。最终的解决方法让他恢复了干劲。他不耐烦地在"十二件以下"的结账柜台[①]前面排队。没问题的，他心想，我买的东西不到十二件。

对他来说，一天结束的标志就是他泡夜晚最后一家酒吧时所坐的座位。这个他常光顾的所在位于他家附近。他不是很喜欢这地方，一般时候也不愿意去，但它的位置实在太好太方便了。这个地方和"公众安全"四个字十足相称，因为它里面虽然烟雾弥漫，充斥着摩托车骑士的重口味谈话和肮脏的女人，但它门外的人行道离班恩家前门不到两条街。这让他就算喝死了也不用担心会醉倒在方向盘上（他有几次发现自己无法清醒地开车）。所以，如果他在早上醒来发现自己没在车里，也想不起来这儿是哪儿的话，那只要他跌跌撞撞地走到街尾再转过街角，就准会看见车子多多少少停在停

---

① 指只为购买十二件以下商品的顾客结账的柜台。

089

车格里，让他知道他前一晚一定是从那里下车的。

他坐在脏兮兮的酒吧里，四周是一群穿皮革背心的胖子，破旧的台球桌，比他还难闻的娼妓，比他喝得更醉的酒鬼，沾满了呕吐物、尿和血块的地毯，大脑受损的行尸走肉（他们耷拉着脑袋的时间比他活的时间更长），还有其他脑袋空空和屁股肥大的配角们。他坐着，前面放着他的杯子和瓶子。他坐着，等着今日的最后残余部分没入灯光熄灭后的空虚中。他坐在脏兮兮的酒吧里，安静地见证着他的意志和独立操作汽车技术的换班。当他喝完酒，歪歪扭扭地往家里走去时，他的心跳提供了音乐伴奏。他一路上紧攥住装伏特加的袋子，进门后小心翼翼地放在地板上（就连他的身体都知道这东西有多重要），然后踉踉跄跄地走向床，倒在了上面。心跳声把他送入了梦乡：暂时他已别无所求。

*　　*　　*

这是另外一天，班恩坐在另外一间酒吧里。现在是午后，这一次他成功地去了比弗利山庄吃了午饭：一杯公牛子弹酒和六只生蚝，甜品是一杯又一杯的伏特加。经过这样恰当的加持后，他已经准备好第二次上银行去——这银行也是在比弗利山庄。

他之前试过一次，但进行得不太顺利。他对着自己的"神风酒"傻笑，低声说："我早上在银行办事办得不顺利。"

先前，他在喝过早上酒之后感觉不错，决定趁着自己还清醒，把剩下的存款从银行提领出来。最近这种大买卖并不是他喜欢做的事，而且银行在他经常多疑和充满酒精的想象中简直就是敌人地盘上的防御工事。为了快快搞定这桩麻烦事（其实只是要兑换张支票，因为他并不打算取消户头），他决定在去比弗利山庄喝下午酒之前先去银行。他已经事先签好了支票，数额是四千六百块（四十六也是他预期的寿命）。但他忘了他还要当着银行出纳员的面在支票背面签字。一听到"能请你在背面签字吗，先生"这句话，他轻微颤抖的手的震动幅度马上增加了一倍。以半清醒状态在银行办事这本身已经让人冒够多的冷汗，而不得不在女出纳员的注视下在支票背后签名更是让人难以想象。

"你就不能直接把支票兑现吗？"他带着最具挑逗性的笑容说道。汗在他的脖子上直直淌下。

"不好意思，先生。有什么不便之处吗？"女出纳员问道。

他妈的，他妈的，他妈的，走投无路了。

"唔，"他说，声音变得嘶哑，"说实话吧，我现在手有点抖。"只是稍微有点，他想，"我昨晚没睡好，我想我需要一点'狗毛'①。"其实他想说的是"一堆'狗毛'"，"要不我还是等吃完午饭感觉好点了再来吧。我们到那时再处理

① "狗毛"在美国俚语中指解酒用的酒。

它。"他拿起支票（这本身就是一项成就），离开了银行。

可怜的女出纳员摸不着头脑地笑了笑，纳闷这位顾客是不是有什么问题。他当然不可能没问题。她不可能知道他的身体已经非常不受控制。对她来说，他只是一个拒绝在自己的支票上签字的客户。她又想了想整件事情，不过既然在整个过程中她都没有打开过自己的现金抽屉，所以也无所谓了。

他一边听着午餐女侍应朝超负荷工作的酒保喊着客人下的单，一边看时间。该去银行了。这次要一次性去完银行，以后永不用再去。他咽下了剩下的酒，对酒保说他一会儿就回来。他从来都没不付钱就走过，这对他来说是标准流程。他和他的自我沾沾自喜地对彼此说：这里的人认识我。

他开在金黄色的道路养护带上。血液和酒精那种越来越难以捉摸的混合让他感觉开心。这正是他浮现神奇幻觉的时候。一切都那么美好。谁知道明天会发生什么呢？他正在远离许多欢乐。但切切实实存在的，是他的第一个美妙醉态的滋味。那是酒精奇妙世界中一个更加提神醒脑的小小时刻。从零重新开始，然后加一，然后出发！享受你的飞行吧，而如果你厌倦了"普通人俱乐部"，就来我们"深渊咖啡馆"吃点什么吧。它是到达终点前的最后一站。

"我回来了。我带了支票。我准备好签名了，宝贝。"他朝同一个不幸的女出纳员抛了个媚眼。他把支票翻过来，用夸张的动作签了名。"稳若他妈的磐石。想要和我一起吃晚饭吗？"

她数好了给他的现金，在递给他的时候盯着他看。"很高兴看到你感觉好多了，先生。"她冷淡地说，"需要确认一下吗？"

他听起来这是个好主意，但即使她真有此意，她也不知道从何着手。在这个节骨眼上，他也不确定自己是不是要确认。他把钱装进口袋里，谢了她后离开了。

他回到酒吧补充能量。口袋里鼓鼓的钞票让他心痒痒。他知道他少不了会乱花一些钱，尽管他也痛苦地意识到这笔钱对他的未来非常重要，他为了喝酒必须非常慎重地省下来。他并不确定这个特定的未来会是长期的还是短期的，但不管它属于什么范畴，都必须像所有其他未来一样被顾及。他从财产中拿出两百块，把它们和其他零钱一起放到口袋里。剩下的四千四百块钱被他塞进皮夹里——这皮夹撑得鼓鼓囊囊，好像是在对自己未预料到要承受的这种负担表示抗议。

在上衣左边口袋放点现金这种习惯可追溯到几个月前的一件紧急事件。那天，他醒来时刚好犯酒瘾，抖得非常厉害，但屋里一点酒都没有了。于是他急匆匆地跑到酒铺，却发现它莫名其妙地没营业。他抖得越来越厉害，根本没法开车去任何地方，于是他走着去了街尾的酒吧。等他到了酒吧并点了酒之后，却因为手抖得太厉害而没法从皮夹里掏钱。不以为然的老酒保——他认为以班恩的年纪本不应有这种症状——最后同意自己掏出班恩的皮夹取钱。四十分钟后，四杯酒下肚的班恩恢复了原状，但整件事情太尴尬了，而且容易发生得让人害怕。所以从那天早上开始，他总是在上衣口袋里留至少二十块钱。这样，不管他的状况如何，他都总是有办法把左手伸到口袋里，掏出钱，扔在吧台或柜台上。这一套非常合逻辑，以至于后来他养成了把所有现金都放在那里的习惯。这样做不仅可以防止扒手把一个酒鬼和他的钱分开，还可以让他离自己的酒更近（这种情况总是最符合他的利益）。

转着手里灰白的波本酒，他感到心情不错，乃至于把酒含在嘴里品了品，去感受把酒吞咽后渐渐弥漫到喉咙和鼻子里的香醇感觉，去感受酒在他胃里的愉快烧灼感。他的思绪又飘到了那个小小的银行女出纳员身上。也许她在外貌上并不是很引人注意，但她是他记忆中最近一位接触过的女性——当然只是……业务上的接触。但她是不是也很有魅力呢，她是不是也让人神魂颠倒呢？如果她能和他一起喝威士忌的话，也许会对他下评价有所帮助。如果她喝了波本然后吻他，让他喉咙里有刺了一下的感觉，也许会有所帮助。如果他们是脱光光地一起喝波本，他也许会更喜欢她。如果她身上有一股波本味又上他的话，将会增加他对她的尊敬。如果她把波本倒在自己赤裸的胴体上又说"来舔吧，舔干净"的话，他也许会学着去爱她。如果她让波本从奶子和阴户上滴下来，如果她又开大腿并把波本倒在上面又说"来舔吧，来喝吧"的话，他就会狠狠操她。再想想以下的情况：有好几个壮汉轮流操她，他们都散发着波本和精液的臭味，而她对他说："看看，我是有目的的！我是有地位和价值的！这些家伙喜欢操我，我身上现在散发着他们的精液气味。你若是想要证明你是有一丁点价值的话，就把我弄干净。把你的蠢脸往我身上凑，舔干净上面的精液和酒。把我舔干净好让我可以被别人操。你可以立志成为一个'湿答答舔阴见习生'。觉得如何？你的脸上写着一百个愿意！"知道有人这么了解自己，感觉会是多么奇怪啊。

他喝完了波本，和酒保商量让他带着一瓶啤酒在开车去洛杉矶一家二流脱衣舞俱乐部时喝。那里多多少少是没有妓女的，所以他的钱大概也是安全的，不会在他软弱时受到正面攻击。他也将会在半路停下来买半品脱的酒，因为加利福尼亚州以全裸作招徕的俱乐部是不卖酒的。在他看来，这种恼人事情是立法机关一种典型的胡乱猜想（目的是对一个诉求展开任何有声誉游说团都无法反击的攻击）：不可把色和酒混在一起，至少不能公然如此，因为这种娱乐需要清醒的头脑和迅速的反应。

一边口袋揣着波本酒，另一边口袋揣着钱，班恩付了七块钱，听了"最起码喝一杯饮料"的话，进了俱乐部。他刚扭动着身子坐进奢华舞台旁宽敞舒适的椅子里，一位彬彬有礼并服务周到的鸡尾酒女侍应就上前招呼他。

"每场秀都起码要喝一杯饮料。希望在您进来的时候已经看到了那个提示。不过他们应该会告知您的。想来点什么？"一个穿着泳装的女孩托着盘子问道。她穿的是连身的泳装，但非常短小，形状也很奇怪。

"是的，我听说了，"班恩答道，"没问题。有些什么喝的？"

女孩叹了口气。为什么她的人生总是要遇到这种无知的傻瓜呢？"每种喝的都是三十五块，这里不卖酒。"她回答说。

"好的，但你们都有些什么呢？"他问道。

"不卖酒，你得选别的了，都是三十五块。现在你想点什么？"她已经说得很明白了，现在她觉得很烦，也不想永远站在这儿等面前的家伙做出决定。

他又试着问道："你觉得我应该点什么？"

这简直是太过分了，现在这个笨蛋没法下定决心。她露出了自己认为最可怕的表情，一个字一个字地说道："无酒精的麦芽饮料、橘子汽水、咖啡、苹果汽水和水。每场秀至少喝一杯饮料。每种都是三十五块。告诉我你要喝什么，否则我就不招呼你了。"

"水。我要喝水，谢谢。"他说，"你知道你不招呼我会有多少损失吗？"

她没有回答就走开了。她走得很慢，但一把"水"这个字写到餐巾纸上后就加快了脚步。

他在等她回来的时候看着台上的全裸女孩。女孩双腿分开，膝盖朝上，朝坐在班恩对面的顾客放了放电。那个男人隆而重之地把一块钱钞票放在舞台边上，目光锁定在舞娘张大的双腿之间，朝她的下体眨眼。在他左边的角落，另一个男人正紧张地在一张餐巾纸上涂鸦。看着这些，班恩准备去休息室来一口波本，但是他想先付了女侍应的钱以省去麻烦。他可不想被拒绝招呼。

她端着一个塑料杯回来，里面是她从一个十盎司瓶子里倒出来的水。她把还滴着水的瓶子和杯子放在他前面的台子上。

"三十五块。"她说。她的眼睛没看班恩，而是盯着他左耳上方大约五英寸的地方看。

"能帮我换些五块钱的零钱吗？"他问道，把一张百元大钞放在她的托盘里。这是他在无上装俱乐部表现自我的一种方式，目的是让人知道他会用五块钱钞票给小费而不是像普通客人那样只给一块钱。他常常会被一些给二十块甚至一百块小费的家伙超越，但那有些过头了。他需要做的只是让自己在大多数人中间鹤立鸡群。现在他将会受到像真正的大咖一样的招呼。他顶多会花到八十或九十块——在一个满是两分钟女朋友①的地方，这是一笔小钱。他在花钱买她们的注意。她们现在会装作喜欢他。"你留下一张。"他心不在焉地说，眼睛看着舞娘。

女侍应一言未发，但感到惊喜。她已经把班恩看作一个白痴了，走开的时候，她暗自为自己的想法鼓掌。班恩则盯着她包裹在泳衣下面那具小小的胴体看。她个子小，不超过五英尺，很可爱，适合当开胃菜。在小个子女孩回到大部队之后，其他女孩们都在看他。她们弯着腰听她说话，然后朝他看过来的目光微笑。他缓缓走进休息室，考虑着要不要打手枪，然后喝了威士忌，回到了座位上。现在舞台上是另一个舞娘，而他的一沓五块钱就在水杯旁边。站在一旁守卫的女侍应朝他挑了挑眉，表示知道他回来了，然后转身离开。

他将注意力转回到舞台上的舞娘身上，更准确地说是转回到她在舞台侧面墙上巨大镜子里的镜像去。高挑而金发，镜子里的倒影就像它的实体伙伴一样，是为了满屋子吮吸着橘子汽水的饥渴男人而跳。在他看来，没什么比镜子中的倒影和创造它的女人之间的关系更美的了。在无上装俱乐部，最棒的部分就是有机会盯着这种关系看，因为那些视觉妓女虽然是习以为常地展示裸体，仍然会无可避免地泄露出她们

---

① 指脱衣舞娘。

对自己的性幻想。他看见的是一种自我沟通的披露，它会让人远远超出肤浅的希望和失望，有几近满足之感。当她们望向自己的倒影时，她们会变得无比脆弱：她们会触及实相，在那一刹那让一股电流穿过他，带给他对人类的临时领会。至少他是这样看的。在收下放在栏杆上和舞台地板上的小费时，她们会吻他的脸，对他表示感谢。这时他会觉得自己和她们很亲近。如果她们的吻稍微拖长一些，或是他认为那吻有拖长的话，他就会在醉醺醺的一刻真正地爱上她们。

舞娘转过身去背对观众，随着音乐摇摆着臀部，脸正对着舞台角落里的一台电风扇。她闭着眼睛，沉浸在快速飘过的空气中。她脸上的汗水闪闪发亮，一滴滴地流过背上，在她的屁股上闪耀着。她转了一圈，攀上直立的镜子，随着风狂野地甩着头发。她现在低下了头，两腿叉开，双手向上伸展，贴着镜子里的倒影用做爱的节奏碾磨着。然后她转过身，昂首阔步地走到舞台前面。镜子上现在看不到她，只能看到她留下的两个手印。它们会在演出结束前一直待在那里。它们会在其他舞娘一个接一个上场演出时安静地待在背景处。班恩在去喝酒瓶里还剩下的酒的时候，回头看见它们。在安静的俱乐部里，它们整晚都会待在那里。然后，它们会被小个子的韩国清洁工擦掉——他就靠提着带凹痕的水桶和挥舞破抹布为生。他从没见过镜子里的倒影，但他会尽责地抹掉手印。

稍后在街上，他的血液因为经历了刺激的冒险而沸腾，因为喝多了波本而稀薄。他决定去寻欢作乐一番。当然，他没能耐也不想通过社交来获得性爱，而这意味着他得找一个妓女。他本来对女人很有吸引力，但他现在又醉又口齿不清，还流着口水，她们对他不会感兴趣。事实上，她们通常一开始都是感兴趣的，而他猜她们稍后也会感兴趣，但中间那道看不见的坎——彼此相熟起来——却无论是他还是她们都是无法跨越的。不管怎样，在他看来，没有什么比花钱买性更加让社会功能和生物功能契合的了。它总是能让他感到很满足，让他对自己和世界感到相当满意。他觉得那些声称自己从未花钱买过性并以此自豪的男人很搞笑。这种事根本没有说出来的必要，但说话的人却觉得非常有必要，由此显示出这些家伙要不是完全的肤浅就是有着强烈同性恋倾向或是感觉害怕了。不然他们为什么必须发表这种声明，而且还是用完全一样的措辞呢？当然，除非他们说的是钱对他们来说比性爱更神圣——这一立场将能完全证明一个人不属于他所属的物种。

花钱买性已经不像过去那么自由了：在执法部门迂回打击相关暴力犯罪的努力下，它已经变成了一个道德伤员。所以如今班恩并不确定要去哪儿才找得到街头流莺。过去他经常光顾西区的一栋房子，但现在他并不想花那种钱，特别是因为他已经把钱都提出来并安排好用途。他上了车，朝房租低的区域开去（得节省开支），那是他过去常去的地方，也是她们常在的地方。他在一家酒铺前停下，买了一瓶便宜的麦芽酒，目的是提振精神让今晚的戏剧可以演下去。有时，他喜欢把自己的人生看作一件表演艺术，这艺术品还没有足够的架构，充满不合理之处和琐碎的细节，并且只能从内往外看。看一次和被他自己看——如果他没醉昏过去的话。他给目前的一集命名为："锱铢必较和召妓：在洛杉矶的节俭打炮"。

开到日落大道的东端后，他转而朝西边开去——慢慢地开，开在右侧车道，保持在限速内。这和真正的开车出门不太一样，因为他并不打算去什么地方。感觉更像是在这个星球的转动下坐在车里观赏沿途的景色。他热爱洛杉矶的这个部分，也乐于知道这里的人会因为他口袋里的钱而割开他喉咙。如果决定召妓的话，就要将这点牢记于心。他感觉自己在某种程度上和这些人很接近，但同时也知道这些人从一开始就看不起他，因为无论他是谁（他们不知道也不在乎），他都是他们成为不了的人。街上仍然笼罩着沉郁的空气，四季不辍的垃圾看似包围了每一处地方。马路上的垃圾被吹到了人行道，并从那里向建筑物逼近，最后去到了它们半永久性的栖息地：废弃商业大楼的窗台下和门框中。空葡萄酒瓶和报纸卷讲述着农产品和罐头意大利面的故事，为可丢弃性的人类提供可丢弃性的床。两扇本来看似被钉死的门突然打开了一下子，走出来几个穿皮夹克和戴贝雷帽的黑人，向等在外头的一辆"凯迪拉克"的后车窗探身弯腰。车在一会儿以后开走了。"鲍勃第六号幸运站酒馆"要等到晚上才开门。一个韩国男人——估计就是鲍勃——顺着金属轨道推开三扇黑色折叠门的第一扇，露出了一部分的展示橱窗。玻璃上画着画，而吧台后面有个微笑的金发女人，她穿着黑色丝绒衣服，手里拿着杯威士忌。班恩的梦想：成为酒铺的囚犯。到目前为止还没找到站街女郎：他仍然开得太靠近东面了，大概是更靠近西方大道了。他继续向前开去。

诺曼底大道、维诺纳大道、金斯利大道、哈佛大道、霍巴特大道、莎拉诺大道和西方大道——它们一度是好莱坞的一个伟大地区，遍布处于巅峰时期的卖春姑娘，她们在电光石火的一瞬间度过了她们的黄金时代，短短几年内见证了她们迅速起伏的街头价值。现在那里还住着一些走投无路的女人，只是数量大不如前，她们过得比从前更不好且死得更早，赚的钱都用来买皮条客的海洛因。但当班恩从左到右扫视整条街的时候，连这些垂死的余烬也看不到。一边观察一边以近乎不变的二十五英里时速前进，他和他的车子在西方大道和日落大道的绿灯下悄然滑过，准确无误地驶入好莱坞的心脏地区。

他的左手放在方向盘上，无名指上还戴着一枚金色的婚戒。这婚戒本来的意义已不复存在，是逝去已久的婚姻剩下的唯一有形遗物。两年前他摘掉了戒指，当时他终于说服了还对他抱有希望的太太，自己对任何人都不再有价值——对她来说尤其如此，而对他自己来说更断然如此。他们平静地分手了，她满怀遗憾，他则酩酊大醉。他最初只是对无可厚非的小酌几杯和女色略有迷恋，但恶性循环让情况每况愈下，他也习惯了如此——事实上是毫不迟疑也没有一丝惊讶地习惯。他从来想不透何者是因何者是果：他的酗酒让她变得更加愤恨，而她的愤恨也让他喝得更多。如果可以再选一次的话，他会啜着伏特加去考虑。一个月以前，因为他的整个处境变得太可怕，加上找到一些让他着迷的动机，他把戒指给重新戴上了。现在，他的手指心不在焉地敲打着，连带让戒指也在方向盘上碰出当当声。车子一直开过日落大道、威尔顿大道、凡尼斯大道、布朗森大道和罗望子大道，但依旧一无所获：没什么送上门来的果子。

然后他瞥到了一个在角落里窥视的女孩，但当他减速开到旁边，往副驾驶座窗户探身向她示意时，她逃走了。他现在在高尔区，所以决定到其中一间脏兮兮的小酒吧坐坐——他好像在哪儿读到过约翰·斯坦贝克[①]在这一区喝过酒。他走进去时店家正好发出最后点酒通知。他对时间竟然已经这么晚了感到惊讶（这在他很不寻常），只有当想到家里为今

---

① 美国作家，一九六二年诺贝尔文学奖获奖者。

天晚上准备了足够库存才放松下来。不得不按时间行事的不便感在逐步增加，因为他这样做的意愿甚至能力都在大幅减少。这个时间对于想要在日落大道找女人来说八成已经太晚了，但因为还想找找，他让酒保倒了两杯加冰的伏特加，直接喝光了。亮灯后他离开了酒吧，回到了车里。随着新的酒精进入了血液，他和他的黑色构想又滑入到总是拥挤的车流中。从藤街、晨边大道、卡汉加大道到高地大道，再从好莱坞高地到拉布雷亚，他要直到抵达日落大道与塞拉博尼塔大道的十字路口，才看到他愿意花钱干的姑娘。那是一个年轻的西班牙姑娘，班恩很感激她选择在这条街上出现在他面前。

他开到路边说道："晚上好。"

在看向他之前，她小心谨慎地先上下打量了一下街道。在满意地看到没人注意他们之后，她走近他的车，手放在膝盖上，对着车窗弯下腰。

"想约会吗？想约我吗？"她说。

她的视线一刻不停地移动：先是看看班恩，然后看看自己左边，然后看看他的大腿，之后是看看街对面，最后又看着他的脚。她看起来在消化在每一瞥中所看到的一切，所以当她再看那个东西时，并不是因为想看到更多，而是因为想再看到同样的东西——看看她得到的最初信息是否需要更新。

班恩知道她晓得他不是警察，而且觉得她的防御性举动有点好笑：她像一只被关进笼子的老鼠那样不停重复着进入笼子的举动。因为愿意担负法律风险和希望让她自在一些，他亮出了他的几张牌。

"我给你一百块，做四十五分钟。你付房钱。"他说。然后，因为他从来无法抵抗完整演出的欲望，他给她看了看钱，以此引诱她同意或收紧他自己的套索。

她的眼睛看到钱亮了一下。"房间是二十块，你来付。"她说。这么说倒不是因为她不愿意付，而是因为她觉得他会同意。

一般遇到这种情况他会掉头就走。他给出了一个好价钱反而被当冤大头。"好的。"他这么说并不是因为确实如此，而是因为他突然觉得现在这个情况下应该妥协。

汽车旅馆就在街对面，他会在横街停车，然后到柜台和她会合。但当他下了车站直时，先前在他坐着的身体里累积的大量酒精轰然爆炸。加冰的伏特加真是太棒了。当他终于找到他的妓女时，他比自己乐见的更醉，而且醉到意识不到这一点。他失去了控制——控制力是他当下最需要的东西。

*　　*　　*

他在自己公寓的地板上醒了过来，就躺在大门边，距离他最后一个记忆十英里和六小时。他跪起来检查自己的皮夹。皮夹还在口袋里，里面仍然装着他在酒吧塞进去的四十四张百元大钞。他手脚着地地盯着地板看，就像上面写着他下一个该前往的方向。他挣扎着站了起来，打开了门。不可思议但不足为奇的是，他的车好好地停在路边。醉昏还能开那么远真是太夸张了。他只能希望自己在开车回家途中没有撞伤任何人，不过他很确定，如果这种事真发生过的话，让人恶心的回忆画面早已排山倒海而来。为了进一步证实，他摇摇晃晃地走到了车前：车上并没有刮痕，他松了一口气。他回屋里喝了一杯，坐下来努力回想昨晚他和那个妓女发生了什么事。

他坐在厨桌边，犹犹豫豫地喝着伏特加，随便拿了点冰箱里的东西吃，脑子里断断续续地闪现昨晚的记忆片段。它们完全不讲先后顺序，就像一盒放映前散落一地然后又仓促组合起来的幻灯片。对自己的生活缺乏具体参与感总是让他觉得很不舒服，但这种事的频率和强度都在逐渐增加，让他想要当个无名氏。从来不觉得是倒退一步，他只想着拉斯维加斯，觉得明显是时候该去那里了。如果他不能至少建立起昨晚的大概轮廓，那么他今天一整天都会感觉不对劲。以前遇到这种事，他会随便找个先前一起喝酒的人问，甚至是从太太那里找线索（因为那时他在醉倒前经常已经回到家里坐在电视前面）。现在他已孤身一人，所以他必须竭尽所能地去回忆。冰块在他的空杯子里"叮当"作响，外面是清晨的各种声音。

他依稀记得自己曾经走近一台垃圾车，那地方应该是汽车旅馆后面。他对汽车旅馆房间里面的样子完全没有记忆了。顺着这个思绪，他又记起那个女孩从他这里拿了房间的钱，独自去了前台。回来后她含糊其词地说了某种理由，带着他去到汽车旅馆后头。她显然注意到了他当时的状况：她肯定是把房间的钱留了下来，因为他的口袋是空的。事实上，在看到他掏出那二十块钱后，她很可能从他的前面口袋里拿走了其他的钱，并且觉得自己已经把他掏空了。所以他的皮夹才得以原封不动。

他记起他曾经挨在肮脏的金属①上，女孩跪在他前面，把他的鸡巴衔在嘴里。他不记得自己有没有高潮，甚至不记得自己有没有勃起。

他记起那个女孩抱着他，吻他的脖子。他想亲她的嘴，她却迅速把头撇过去。

他记起她拖着他的手过了马路，为他关上了车门。他在后视镜里看到她又走回马路的另一边。

他记起自己没完没了地开着车，途中经过一间打了烊的酒铺，开到英格坞之后又找不到回家的路。

---

① 应该是指垃圾车。

好吧，他想，没有我想的那么糟。我还能记得许多。他又倒了一杯酒，感觉好多了。他决定去盥洗，然后到附近的酒吧喝几杯，在那里好好想一想去拉斯维加斯的事：什么时候走和他的所有家当要怎么处理等。事实上，他已经知道要怎么处理他的东西了。他只是需要想一下细节。

他在洗手的时候才发现结婚戒指没了。他停下来，看了看镜子里的自己，确定了自己本该是戴着戒指的。也就是说，昨晚他还戴着它，不记得自己把它摘下来过。推理补充了他记忆不到的部分，事情的应有经过展开在他眼前。婊子两个字到了嘴边，但他忍住没说出来。毕竟那正是她的工作。

常年不散的酒精云变薄了一些，又或者大概只是他的生存本能杀出了重围。不管是两者中的何者使然，他在动身去附近的酒吧前突然意识到自己已经有一些时候没吃过东西了——没有吃过像样东西的时间就更长了。虽然他一点都不饿，并且一想到食物就会立刻感到恶心，但他知道他必须得吃点才行。即使不是为了给喝酒垫一垫，也是为了支撑心脏将携带酒精的血液输送到大脑，他需要吸收点营养。

班恩打开冰箱门的时候，冰箱突然开始运转，在长长的小睡中醒来，朝班恩的脸呼出一口白气。班恩扫视冰箱里面的选项。虽然被闲置，冰箱仍然非常整洁干净。没有会让其他东西腐烂的东西，没有发霉的奶酪和恶臭的牛奶，也没

108

有各种各样就要坏了的不明物体（在幸福健康家庭的拥挤冰箱里经常能发现这种东西）。里面只有半根巧克力棒、一颗烤过但是没吃的土豆（他把它扔到了垃圾桶里）、一盒人造黄油、一个装满水的冰格（他把它放回冷冻层去）、几瓶已经没了汽的汽水和苏打水、一小袋咖啡和上周买的一颗青椒（处于有可食性的最后阶段）。他倾向于绿色的东西，于是选了青椒。他吞了一口伏特加来加强勇气，把青椒切成四块。他把变干的地方扔掉，留下了两块坑坑洼洼的部分，把它们摆在了盘子的正中央。他把其中一块咬了一半，开始咀嚼，他的额头上冒出了一滴滴汗珠。他咽下了一小块嫩的部分，然后边等待边看着一辆很破的车开过街上，好让自己分分心。他饿坏了的空胃开始抗议。他反射性地按着桌子把椅子往后推，微微向前弯腰。他决定不能就这么放弃好不容易吃下去的这一小块食物，于是僵在椅子上，慢慢地用嘴巴呼气——以前他多次用这种方法在公共场合克服恶心的感觉。他面色苍白，痛苦地坐在厨房的椅子上，打了漂亮的一仗，成功把青椒留在肚子里，熬过了危机。他看到了希望，又活了过来，并对自己的胜利感到自豪。他感到非常志得意满，扔掉剩下的青椒，高兴地出门去。

到了酒吧后，他坐在自己的旋转凳上，开始构思去拉斯维加斯的细节。在判定这次迁移是无可避免之后，他看不出来有继续耽搁的理由。等到了拉斯维加斯，他首先要……

首先要喝一杯，然后把表当了。时间就是金钱，不过，到了那时，他将永远都不必知道当下是几点。如果他想喝一杯的话，只需要出门去买就行——不管何时何地。酒保重重地把班恩的伏特加放在吧台上，然后从他面前的一小堆钞票中拿走了几张，从头到尾都在摇着头，无声地表示对他的酗酒不以为然。

"我想等我喝完了这杯，我会来一杯杜松子酒加奎宁水。"班恩说，只是要逗他。[①]

酒保再也无法保持沉默，瞪着他说道："你应该喝的是咖啡！在这里一直都该喝咖啡。你知道现在几点吗？你还年轻。这不关我的事，但如果你看过我看过的，就不会对自己做这样的事。"

班恩为之感动。他大概是无意中把这个关心别人的人拉入了他的个人悲剧剧场之中。但现在是怎么回事？这个人是个酒保，班恩是个酒鬼。有什么问题吗？问题变得棘手了，这个老家伙想要展示一些不受拘束的怜悯，一些无条件的关心。班恩知道如果对方全情投入的话，自己有可能会当场大哭，所以决定断了他的念头。

"我明白你在说什么，也知道你为什么这么说。"他对酒保说道，"我对你的关心表示感谢，而让你不舒服不是我的本意。今天服务我一次，以后我就不会再来了。否则你可以

---

① 杜松子酒加奎宁水的酒精浓度比伏特加低。

拒绝招呼我。"

"当然，当然，如果我想的话，现在就可以拒绝招呼你。别给我玩花样，我才不鸟你干什么。"他拿起一瓶杜松子酒，倒了一杯，怒气冲冲地摔在班恩面前。"算我的，孩子。"他说，用指关节敲了吧台两下。

班恩转身背对着吧台，看着酒吧间。他的袖子被拽了一下，他转过头来，映入眼帘的是一个中年人。他之前见过这个人在大街上自言自语，有时也在酒吧里这样。这个男人正在对班恩嚷嚷什么。他说的话不知所云，像是发出哼哼声和呼噜声，只偶尔震动到声带。班恩猜想这八成是酒保找来的视觉教具①，便向一直在吧台远端看着的酒保讽刺地点了点头，然后给了智力受损男人一张五块钱的钞票。后者抓过钱，拖着脚走开了。这一幕让班恩感到悲伤，他每次遇到受伤的人　　生活的受害者——都会有这种感觉。起身要离开时，他感觉到了一阵熟悉的恶心感，并且呼吸短促。这些天他的心跳变得非常快——他一直没有为它提供恰当的燃料。他知道他的身体不会比大脑活得更久，但万一不是这样的话会怎样？那样的话就真的可怕了。他是这么认为的，大家也都是这么认为的。

他直接去了酒铺，为家里补充存货，这次买的是杜松

---

① 指说明酗酒的遗害的教具。

111

子酒：这是为了重新出发，当一个新造的人。他还买了一卷高强度的垃圾袋和一个木炭点火器，又说服了不情愿的店员让他带走尽可能多的空酒箱。班恩把箱子套在一起以节省空间，把自己买的酒放在了最里面的箱子里，最后把它们打成了一个相当紧凑的包裹。他不需要回家取车，他用手臂就能轻松搬动这些装备。

他先处理一般性的东西，即那些分散之后不会反映他或他的人生的东西。他有条不紊地检查了书架上的每本书，从中找寻所有者的线索：一个手写的名字：如发现请还给某某某；用钢笔题的字：带着对总是喜欢操她的班恩的爱；或是一张购物单、一张他太太忘在这里的便笺：葡萄柚、半打或是促销的一打、鸡+？行吗？——给B打电话①。这些细节在发现后都被去掉了，书被整齐地收进一个箱子里。平底锅、台灯、旧衣服等一些还能用但是价值有限的东西都和书一起装进了箱子。箱子用完了就用垃圾袋来装。桌上的装饰物、工具、电话、一台吸尘器和一部旧电视——班恩就像偷走了圣诞节的"鬼灵精"②一样把他的家当装进巨大的垃圾袋里，再把垃圾袋塞到了车里。接着，一趟一趟地，一小时又一小时地，他把这些曾属于他的东西送到了当地的各个机构。"善意"③得到了一些东西，威尼斯一间"中

---

① B是班恩的缩写。

② 漫画人物。

③ 美国最大的二手商店。

途之家"① 收到了厨房用具和电视，流浪汉们的超载购物车里② 又增加了衣服和罐装食品。街那边的一个熟人得到了立体音响：班恩解释说自己正急着搬到丹佛就任新职。班恩这样一直干到晚上，酒不离手，因为勤劳而精神奕奕。他把袋子放在已关门的慈善机构门外。邻居的一个男孩睡着了，不知道自己已经成了一辆几乎全新的法国十速自行车的主人：自行车就放在后门廊上，闪闪发亮，座位上放着一张便笺。班恩的忙碌既是出于深思熟虑，也是出于不由自主：他无法容忍看到浪费，更别说亲手制造浪费了。同时，他也有了很好的理由这么做。因为跟他和跟彼此分离了开来，他的家当不再有故事要讲述。它们被分解成了元素、分解成为现代美国存在方式的砖石。各个部分再也无法合成一个整体，它们不再有集体的意义，只是他人生页面上的一个擦痕。

他的能量高涨、源源不断。对他来说，这种清澈动机之中有一种幽暗悸动。就像一个女人会透过退还戒指解除婚约，班恩正在做的这些事是把他最近的所有漫游召集在一起。很久没有出现过的行动现在让人更加神清气爽：他的行动是朝着他的未来走去。这种匆匆忙忙是具体可触的，而且炽烈得排除了向后还是向前、往还是返、成长还是死亡的抽象考量。这些词语并不属于当下，也有理由主张说它们不属

---

① 为犯人重返社会设立的住处。

② 流浪汉常拖着卖场购物车载着家当到处去。

于任何时刻。他正在拆解的这幅挂毯从来没有一个故事要述说：它总是不具象的，是没有意念地被编织出来。

烂醉如泥但目的旺盛，他开始进行更细致的任务：清除掉非常私人的东西。他在天井的火盆里点了一小团火。被投入火中的有他创作的一些业余水平的艺术品：照片、一件松木雕刻品、一幅写着给妻子一首情诗的水彩画，以及他写的一篇故事。被投入火中的还有他的卷宗：医疗记录、报税单副本、修车收据、保修单、出生证明和结婚证书等。被投入火中的还有剪贴簿：派对的拍立得照片、从夏威夷寄来的明信片、从商场和集市买来的图腾柱式样的连环漫画。他把烧剩的碎片和灰烬挖了出来，然后抱着破坏而不是摧毁的目的，用木炭点火器把他不打算保留也不想让别人拥有的东西点燃，包括：照相机、机车夹克、妻子留下的衣服、在巴黎买的闹钟、父亲制作的黑檀香雪茄烟盒、祖父从二战战场带回来的双筒望远镜、他的雕花文具、没有了他就没有意义的礼物，以及他透过摧毁才能最终拥有的购来的艺术品。他把灰清了清，火又旺了起来——火焰充分地燃烧了起来。在他干活儿的时候火一直燃着，直到任务结束，火焰也随之熄灭。

早上了。他给房东打电话，称自己在丹佛另有高就，月底就要搬走。很抱歉这么晚才通知，不过不用把押金退给他了。他会把房间打扫得干干净净，但如果他留几件家具下来是不是可以呢？他确定买新的会比把旧家具运过去划算。他对房东千恩万谢并致上祝福。至此，所有琐事都搞定了。

除了床和一些沉重的家具，他把剩下的东西装到了行李箱里。班恩环视整栋公寓。他把工作做得很好。在这里，他完美地完成了拆解自己的工作。事实上，他将继续是个孜孜不倦地拆毁自己的规划师。

小睡片刻后，他决定以杜松子酒和苹果作为迟来的午餐。这个搭配看来比伏特加加青椒好下咽：他能吃下两片苹果。虽然洛杉矶已经没有什么值得他留恋的（他早已与在那里曾有过的朋友断绝关系），但一想到离开洛杉矶去拉斯维加斯，他还是不太情愿，甚至有点惴惴不安。这也许只是因为他知道，五小时的车程对他来说虽然一度只是稍长的通勤时间，但现在却会让他的身体吃不消，甚至是地狱般的煎熬。更有可能的是他正在进行一次没有说出口的重新省思，他的非理性焦虑诞生自一个认知：这将会是一次单程旅程，而如果他能避开这次最后的旅程，他就能避开自己的最终目的地。但事实上，他业已稳稳地在这趟旅程的路上，去拉斯维加斯只是为一把已经烧得熊熊的大火添加引火物。他很快就会到那里去，他想要到那里去。不过那时归那时，今晚归今晚。于是，他就盥洗了一下，出门买醉去。抱着准备好为一杯酒花上个四五块钱的心情。他穿上了西装。他发现没有什么比那些定价过高、装腔作势的餐馆里的酒吧更好玩的了。他虽然衣冠楚楚和曾经好看，但作为一个孤独的酒鬼，他一定会让这些酒吧的粗鲁员工尴尬，也会让总是在找可卡因和保时捷的年轻女孩着迷。

他发现自己去了马里布的某个地方。在海岸线迎着习习凉风开过车后，他已经为他在洛杉矶的这最后一晚准备好。他以前从没来过这个地方，穿着白色工作服的酒保也从没见过他。能够作为陌生人坐在这里喝酒，他感到很庆幸。以后，他会在拉斯维加斯好好享受这种感觉的。一度，他曾在全洛杉矶的酒吧为自己建立起常客的名声。他会特意去一些离他家很远的酒吧，这样做只是为了再次确认店家对他有多熟。他喜欢别人以名字称呼他，喜欢别人在他未开口便知道他要点什么酒（至少是猜到他要点什么酒）。但现在，这些酒吧都把他看成一个可悲的酒鬼。就像在威尼斯酒吧发生的那件事一样，现在他必须把忍受歧视也看成账单的一部分。他们痛恨见到他。他们翻白眼。他们摇摇头。对曾经随心所欲卖酒给他的酒保们而言，他成了一个道德问题。算我的！他们曾大声这样喊，惊讶于他喝这么多却一点都看不出醉。他曾经是个明星，现在则成了反面教材。

现在是傍晚时分。他的内心还激荡着一股做事情的热流，浑身充满着要证明这一点的额外能量。他的头还没垂下去。他喝酒的时候并没有若有所思的样子。所以，如果你忽略他脸上的浮肿的话，班恩的状况看起来还不错，甚至算是潇洒。他信心满满地坐在大理石的吧台旁，看起来就像是那种知道自己在做什么、那种不向不合理痛苦低头的人。一个独自进入酒吧的三十多岁迷人女子恰好看到了这幅景象，她在班恩的对面找了个座位坐下。她透过一大片装了铬酒嘴的酒瓶看着他，希望能和他四目相接。四目相接后，她意识到这也许是她和他唯一的沟通方式，于是给了他一个意味深长、有些高深莫测的微笑。

这是一个不寻常的微笑，异常熟悉但无一丝职业化的味道，班恩对它的炽烈程度感到奇怪。这是一种接触，一个交流。她给他的微笑是一个大胆的拥抱。它恳求得到回答。它是一场赌博，是对人性的肯定。它是一场发自通感的演讲，目的是要超越他们的所在之处，提出他们该往哪里去的建议。它在说：你也许能拯救我的人生，我知道我能拯救你的人生。它在说：我知道你认识我，我认识你。它包裹在深深的绝望中，但仍然保持希望。那是对力量的一种宣示，它渴望得到却并不需要。班恩对此完全心领神会，但却发现自己无法回应。被禁锢在逻辑不可即的圆圈中，他心里想：我不够好，不足以和你在一起，而因为我不会和你在一起，所以我不够好。他的视线立即垂了下去。那个女人不等她的酒送来就离开了。相互传递过的信息已经够多的了。酒保拿着她的酒扫视着酒吧找她。班恩把他叫过去，解释说那个女人是他的朋友，突然有事离开了。班恩为她付了酒钱。

面对这个他对自己无法履行一种功能的确认，面对这个他对自己不具有任何价值的确认，他的情绪一落千丈。一个来自什么之城①的天使在他待在她城市的最后一晚来到了他的眼前，而他所做的却是看着自己的玻璃杯。这个夜晚的冒险已经被毁于一旦，因为他刚被授以大奖，却把脸转过去。然则，他期待的到底是什么呢？他怀疑，即便是和加缪进行一场振奋人心的存在主义谈话，也无法鼓舞他耐受这种特殊的荒谬。

他收拾起心情，开始疯狂地投入到自己的酒中，狂热地点了一杯又一杯，喝得比平时多很多，即使对他来说也太多了。他发现自己给刚认识的其他酒吧顾客买酒，而那些人都快速地把酒喝掉，然后离开去吃晚饭或是挪到其他座位去——虽然他们并不确定他是怎么回事，但也感到害怕。尽管喝了很多，他一直没有越界，并没有变得过于让人讨厌。今晚是信用卡之夜，他想要跟每一个人分享财富。他会小心翼翼地灌醉洛杉矶，这将是他的告别派对。当他意识到一家酒吧里的人注意到他在做什么，他会立刻在账单上签字然后开车去另一家酒吧。他莞尔地想到，他的尸体最后也许会是这样被找到：美国运通信用卡因为追讨费用，一直追到他最后一次刷卡的地方，然后看到他一只手还握着客房服务提供

① 大概是"上帝之城"。

118

的波本威士忌，另一只手则抓住心脏。虽然死了，他无疑还是会缠着美国运通：为了把他腐烂发臭的尸体从饭店房间搬走，他们不得不付出额外的费用。今晚他在回家前有很多地方要去，而家是去拉斯维加斯前的最后一站。明天他将会远离邮箱，而因为之前他总是非常按时地还款，所以即使两个月不还款，美国运通也不会多想什么。等到计算机生成的信件开始寄到他最后的地址时，他的脚趾上已经被挂上标签了。他一家酒吧接一家酒吧地泡，它们面目渐渐变得模糊，彼此重叠在一起，最后全都变成了沙子。他失去意识，醉昏了过去。

* * *

他在冰冷的地板上醒了过来，地板很湿。他的眼睛只能看到一片白色。当意识或多或少地完全恢复后，他发现自己躺在一间公厕的地板上，头就枕在一个小便池里。地板上有沙子，他环顾四周，发现这是一间沙滩公厕。好极了。他坐起身来，检查一遍后发现自己毫发无伤，分文未少——不管怎样，他最大一笔财产还安全地放在家里。他艰难地站了起来，用水漱了漱口，洗了把脸。外面，在刚刚升起的太阳的照耀下，他的车孤零零地停在一百码以外的停车场上。车钥匙在他的口袋里，旁边还有一张被揉成一团的蓝色美国运通信用卡收据。他对自己的处之泰然感到惊讶。换作一年前，如果醒来发现自己睡在小便池里的话，他恐怕会当场自杀的——那恶心死了。但他此刻却回到厕所里，尽可能地清洁了一下自己。他认得不远处的一家餐馆，知道自己就在马里布的南边。

他上了车，开上了海岸公路。他要先回家，洗个澡休息一下，然后带上行李开车去拉斯维加斯。他在心里记住了要提前打电话订个房间，因为毫无疑问，一到城里他就会马上需要一张床。一张床而不是一个小便池，他想。那种事在变得更严重之前必须停止。不过首先他需要喝杯酒。现在时间还早，他觉得自己可以先喝半打啤酒凑合一下，于是想找间超市。但他的运气显然不错。他看到一家有卖酒牌照的餐馆在供应早餐。横幅上写着：超解酒早餐：双蛋，两片培根，两片烤面包，以及（三选一）双份的"玛丽""螺丝起子"或"灰狗"。

"嗨，看过菜单了吗？"一个梳马尾的生气勃勃年轻女孩拿着笔问道。班恩坐在阳光灿烂的露台上，女侍应有礼貌地对他的衣冠不整视而不见。

他嫉妒她貌似快乐的人生，嫉妒她愿意不理会他的窘相的态度。他猜自己脸上一直散发着小便池的臭气，希望她没有注意到。但再一次，他没有像他该有的那么尴尬。这大概就是大脑不对劲的开始。精神疾病的一种初期症状：患者会毫无困难地接受自己脸上的尿味。

"早安。"他说，"给我来一片烤面包和双份的杜松子酒加奎宁水。"他等着看她的反应。他感到焦虑在他里面昂起了肮脏的小脑袋。他知道自己身上还满载着昨晚的酒精，但现在照样是时候再喝一些。现在就喝。

"就这些吗？"她问道，把品项写了下来。好奇怪，她居然一点都不惊讶。她大概没有看上去的那么年轻。

"先要这么多。"他说，"啊，对了，你们这里可以刷美国运通卡吧？"

"可以的，先生，当然可以。"不知何故，她听到班恩的问题之后变得眉开眼笑，"但需要最低十块钱的消费。"

"没问题。"他说，尿味在攻击他的鼻孔，"能告诉我洗手间在哪儿吗？我先前碰到一点状况。"

她收起了他的菜单。"就在那边。"她指着方向说。

他站起来，带点艰难地走着。咖啡机四溢的香气飘到他的身边，暂时盖住了他来自昨晚的一身恶臭。他听见一只海鸥在尖叫，一阵凉爽的海风扑面而来。他已经开始怀念洛杉矶这个该死的地方了。

柠檬

●

　　她最先感觉到的是口渴，然后感觉很湿。她的床已经被汗水浸湿了，甚至床单都能拧出水来。一晚下来，床单变得冷冷的，让人非常不舒服。那些汗是她的汗，虽然她痛恨这种汗湿的感觉，但还是待着没动，只是盯着天花板，模糊地想着为什么天花板上的灰泥裂缝不再让她觉得心烦意乱。她的旧情人暨新情人艾尔就躺在她旁边。他还在熟睡，脸上的表情泰然自若。他的眼珠深陷在眼窝之中，好像是在看了太多东西之后撤回到巢穴中。莎拉的眼睛一动不动，干燥的嘴唇张开着。床铺又冷又湿又乱，她不知道是不是是时候应该起床：事实上，天上的太阳早已不新鲜。

艾尔两个小时后醒来，看见她躺在他的身边。湿湿的床单向他传达信息，他窃喜自己还能让她这样害怕。因为已经感到安全，他对自己承认他近日确实怀疑自己是否还有控制她的力量。这力量显然继续存在：她依旧属于他。

"我想你，莎拉。你一直孤孤单单。"他说，不愧是用肯定句提问的高手。

她眨眨眼，把头转向他——这是两个分开的动作。"我老了，艾尔。"

"但还像花一样。为什么住这么小的地方？为什么过这么简单的生活？"他的手在床单上滑动，坚定地抓住她的下体：他的大手轻易就包覆住她。对此，她既没有抗拒也没有表示接受。"你一直孤孤单单。"

突然间，天花板上的灰泥裂缝变得可理喻了。她一直孤孤单单。[①] 他的声音变得可理喻了。这声音来自好久好久以前（那时她是那么年轻干净，身上还没有瘀青），让一切变得可理喻，几乎能让人平静下来。她感觉到好多的空白，好多空的思绪。"我一直很好。"她说。

"你看起来可不是一直很好的样子，我的花儿。你的脸上有瘀青。我很抱歉没能在你身边保护你。上星期我一直努

————————

① 这是艾尔所说的话。

力关注你，但我还有别的事情要忙。这种事不会再发生了。我会保你安全。"他翻到她身边低声说，"我们都老了。你一直孤孤单单。"

她又开始流汗了。她从没感到这么口渴过。"我孤孤单单的，艾尔。"

"对，"他骑到她身上，"我也是。"过了一会儿，"莎拉，我好饿，你一边给我做早餐我们一边来讨论事情。"

莎拉面无表情，艾尔对此满不在乎，两人就着她的小桌子吃早餐——他吃得比她多。事实上，她几乎没吃。

"我不能和你待在这里，莎拉。你至少得先找一间大点的公寓。我们会有钱的——你知道我能给你带来多少钱——我们会找间大公寓……不，一栋大房子！我喜欢拉斯维加斯。我已经很多年没来这里了——从认识你之前就没来过。但我喜欢这里，我觉得我们能在这里再发一次财。"他咬了口食物，饥饿地朝她微笑，"你真狡猾！你早就知道这里能赚钱，对不对？"在那之后，他若有所思地咀嚼着食物，咽了一口之后问道，"不过你为什么要逃走呢？"

她一下子紧张起来，低头看了一眼凉掉的食物。他现在会伤害我吗？

就像之前在床上的那样子，他能嗅出她害怕了，而这就够了。小小的确认就是他全部所需要的。他笑了起来："不……我告诉过你，你根本不用怕我。只要接受我就好，莎拉。我们属于彼此。"

她不知道该做什么别的，便点了点头。她想应该笑笑，于是就这么做了——从前她经常这么做。除了这些小姿态，她不知道应该怎么举手投足。她决定安静地坐着，等着他给出提示。除此之外都是一团迷雾。

"我想告诉你的是这个：我得搬进一家酒店去住——当然是暂时的。我需要一些时间去帮我们建立一些新的人脉。另外你也能看出来的，这并不是我熟悉的那种环境。你知道的，财富和奢侈才是我的真正归属。你上午可以帮我打电话在那些高楼里找间套房。最好是撒哈拉酒店，我上次住过后就念念不忘。它不像某些新酒店那样只是个笑柄。"

她有点糊涂了，问道："你本来都住哪里？"

他把叉子一扔。"住一个老朋友那里。这不关你的事。"

迷雾中出现了一个洞：一个小洞，距离只有一个逻辑脚尖之遥。"那你会需要一些钱了。"她说。

他衡量自己有多生气。现在发火太早了，而且他离开了有一段时间。"再怎么说，莎拉，那也是我的钱。"

"是的，当然是你的钱，艾尔。"她说，边说边站起来拿钱去，"你想要多少？"

"所有的，我需要买点衣服和用品。入住酒店后我会列出需要的东西的，不过这需要一点时间。我们晚上也许得去酒吧找活儿了。也许你应该去站街。我一直在看着你。你有你喜欢站的地方。如果我忙的话你就去那里。"

衣服和用品？她又靠近他些了。一步，两步。

压力。艾尔讨厌这种审视。这和以前不一样，他心想。真是够了。"你在看什么？"他尖声说，用拳头砰地在桌子上敲了一下。他的盘子哐当作响，但并没有掉到地上。

"你的珠宝呢，艾尔？"她问道，但她已经猜到答案了，甚至在他剩下的那枚绿翡翠戒指划破她还瘀青的脸颊时就猜到了。她跌跌撞撞地向后退，撞到了冰箱，倒在了地板上。

艾尔出人意表地双腿一软，坐了下来。他在发抖，并且惊慌失措地发现他那样做不是出于生气。他不敢站起来去扶她，所以便一动不动地坐在桌旁看着她。不错，他们都老了。

* * *

到了傍晚，莎拉已经准备好做艾尔会要求她做的任何事了。她再一次在镜子两边看到自己。除了头一直痛，艾尔的反手一击还以割伤颧骨的方式向她传递了一条信息。在过去的十年里，她的皮肉已经受到了太多虐待，这让她知道这道伤口是永远不会完全愈合的。它会变成一个小小的白色伤疤，直到有一天消失在一道道的皱纹当中。这是脸上第一个永久的伤口，在她至今仍然美丽的容颜中扎根下来，位置就在三个男孩留给她的不幸瘀青上面——这瘀青正朝着最后的愈合困惑地努力着。

但伤疤并不是信息本身，它只是传达者。不像光那样总是定速地在她面前涂画再涂画出影像。她的脑子越来越慢，越来越空，成了一个无助的旁观者。她的一部分想要抽离，但一个更深和更基本的部分却办不到。希尔顿的那个胖男人虽然只是艾尔的一件工具，但却比早前胡搞瞎搞的那三个男生更难应付。她好像没办法搞定这一个，她也不确定自己到底在不在乎。两者是有差别的，但她不知道那是什么。之前在这里的某种东西不见了，但她不知道那是什么。

她哭了起来——这是独自待在房间享有的特权。脸颊上的伤口在咸涩的眼泪流过时感到刺痛，还带走了一部分她希望能帮忙遮住伤口的肉色粉底。因为变重，眼泪从她的下巴滴落到内裤上，被黑色的蕾丝吸收。这不是坏事，因为她本来也有可能是穿着白色蕾丝的内裤：那样的话，她的眼泪便会像是挑衅。

穿戴整齐之后，她觉得照腻了镜子，便走到起居室去等艾尔的电话。她打开电视，但没有看荧幕，而是看着它投射在对面墙上的柔光。那是造梦的素材，又因为她关了电视的声音而电话铃声始终没有响起，她在一片寂静中睡了很久。

*　　*　　*

"所以现在我有借口了。"艾尔说，但他面前并没有其他人。他独自坐在车子里，而他的"奔驰"抛锚在九十三／

九十五号公路的路肩上。他已经发过一顿火，他声音中的平静让他感到厌烦。"我不需要借口！"他吼道，猛捶在方向盘上，"我不需要这个借口！让她等有什么关系！这会磨炼她的性格，以后她就再也不敢让我失望了！"

他感到双重的挫败，因为他想不出方法把汽车抛锚怪罪到莎拉头上。虽然告诉过她要她等他的电话，但昨晚他没能给她打电话发出指示。因为傍晚时忙着购物，他甚至在酒店的酒吧也没能安排上活儿。后来时间太晚了，他又无法向她承认失败。他需要时间。他还需要赎回他的珠宝——这就是他今早的差事。他本来打算双手重新戴满戒指后得意扬扬地跑到她的公寓去，却没想到一片肾结石大小的油箱铁锈在半路中途跑进了没有装滤网的油管去，并试图通过化油器，他的车子因而抛锚。汽车的这些神秘之处当然是艾尔无法理解的，他只知道自己拿到了另一手烂牌。他年轻时经常拿到的好牌已经变得越来越少了。尤其是现在，在经过了如此之多艰难的岁月后，他几乎已经嗅到他要爆牌的味道。

关于他的人生，还有什么是比他的"奔驰"更好的缩影吗？这车是他从一个上了年纪的委内瑞拉毒贩那里作为一笔早该被遗忘的债务收回来的。那个毒贩不得不逃离加拿大，然后，在一个倒霉的下午，他去了日落大道一家血液诊所①，不巧遇到了经常去那里的艾尔。艾尔离开诊所时拿着

---

① 去卖血。

汽车钥匙，对黄色"奔驰"的法律拥有权基本上不亚于它的上一任驾驶者。[①] 这辆车本来是谁所有已经搞不清了，不过大有可能它在任何官方系统上的序号早就模糊不清。虽然艾尔很舍不得糟蹋自己的血汗钱，他本来受不了开这么一辆不干净的车，然而，当"奔驰"从荧光闪闪而又湿滑的洗车车道中浮现在日光之中时，它的真实颜色让他停下脚步，默默地为他失去已久的黑色豪华大轿车哀悼。

他的落魄来得迅速且无法躲避，虽然艾尔可能用一百万年都解释不清发生了什么——至少是过去六年来都解释不清。无数影响巨大的事情几乎是同时发生在了他身上，导火线可能是其中的任何一件或者全部：莎拉走了，然后另外两个女孩也走了，然后好莱坞地区变得极其贫瘠——没新姑娘，也没旧姑娘，什么都没有。然后他试着运毒，结果被逮个正着。然后他好像做什么坏事都没有好结果。然后他的律师对他提出诉讼，他所有的财产都被没收了。然后又突然蹦出移民的问题。然后他变得身无分文，形单影只。

在发生了所有这些各种各样的事情之后，在他的想象中，它们更像只是一件大事，一件他克服得了的事情。所以，他不选择变成不是艾尔，而是留下来，做了所有可能让他再次成为艾尔的事。但他变不回来。接着他开始老去——再一次

---

① 即一样的不具有法律拥有权。

是一下子就老去。像肿瘤一样，一种思想在他的脑海中持续而迟缓地生长着。很久以前他曾打败过某件事情，但它已经远去到了另一个地方，基于那个原因，他觉得自己能够再次打败它。① 它曾是他生活中的一件大事。现在它与他的生活有千里之遥，它甚至不知道他知道它在哪儿。

艾尔从洛杉矶学到的一课就是：做必须要做的事。所以他放弃了今天取回典当的珠宝的想法，下车走向位于远处的加油站——它不知怎的看起来收费昂贵。②

虽然他这么做了，但这并不能改变他对它的感觉。艾尔痛恨做这种事，他的头脑里燃烧的怒火暴躁又阴郁。他痛恨他为了修理一块小便颜色的破铜烂铁，不得不走在沙漠公路的边上，去把大把钞票付给一个让人作呕的美国油猴子③。这到头来又会让他不得不去到莎拉的面前（他知道她没有被完全蒙在鼓里），丢脸地跟她要更多的钱，以便把自己的珠宝从当铺悄悄赎回！这可不是贾迈勒·法蒂该有的天命，而这一切无疑都应该怪罪……怪罪一路下来都合谋要让他生不如死的各种美国邪恶力量，怪罪洛杉矶这个大粪坑，以及怪罪那些对他的保护和仁慈不知感激的背信弃义的女人。与那些被养肥的美国商业人相比（他们贪得无厌且曾带着令人反

① 似乎指能够再一次征服莎拉。
② 美国加油站有修车服务。
③ "油猴子"是修车工之谓。

感的要求来找他^①），他想得到的东西很少。非集体力量之所以能够用满满的恶意来涂画他的灵魂，大概正是应该由这些人负责。又或者是应该由每个人负责。

*　　*　　*

莎拉已经醒来几个小时。她正在看着无声的电视，在她蒙蒙眬眬睡着的时候，电视上放映了三小时的测试条纹。无声的状态并没有改变日间电视节目的空洞无聊，但这并不是她现在能够作出的评论，也会破坏她对荧幕上的景象的着迷：画面中，一个男人无声地尖叫着，他的胸膛被烙印上"$10,000"的字样。

好饿。她很确定自己该吃饭了，但厨房今天早上没什么吃的。怎么办？不错，遇到这种情况，她通常会去商店买。但她现在不敢去。如果艾尔打电话来或是来这里了她却不在的话，他会非常生气的。这里有可以让人很分心的事。如果她有足够的钱，她可以去玩二十一点，但她真的不能走开。她可以晚点再吃。她可以先接个客——回去工作。艾尔会给她找点活儿的。电视上正在播放一则本地的广告：电力公司想让她和她的家人更多地了解胡佛水坝。她知道这个广告，这星期已经看过很多次。空拍画面显示一条奔腾的河流

---

① 找他安排妓女。

融入无比安静的米德湖，大坝看起来大概有七百二十六英尺高——如果她没记错的话。她该补补妆了，于是她走到卧室里去。

她在卧室里听到前门打开的声音（她忘了锁门）。

"莎拉！"艾尔的声音在起居室里回响着。

"艾尔，我在卧室！艾尔，我饿了！"

艾尔没由来地吓了一跳，停了下来，继续待在起居室里，头歪着。今天这个早上太多麻烦事了，又或者他只是也饿了而已。最后，在一扇斜窗看到自己的倒影后，他因为她的语气而咧嘴笑了起来。他心想，最好是别提昨晚没打电话来的事。

他进了她的卧室，看见她正在镜子前面等着他。他说："我会带你去吃东西。今晚你需要体力。吃完午饭我们再回来，你可以淋浴和换衣服。你的衣服有点皱了。"

"好的，艾尔，我们去吃午饭吧，然后我再淋浴和换衣服。"她说。

*　　*　　*

撒哈拉酒店的这间小套房还不赖。还是说它算间大房间？它有点像夫妻房[①]，是奇怪的美国配置和拉斯维加斯配

[①] 指只有一张大床的房间。

置，专为还不是大牌或不再是大牌的人而设。对独自在这个夜晚等着莎拉的艾尔来说，这是个混杂着必要妥协的猜想。在他的鼎盛时期，他因为太过害怕别人取笑，所以花了太多的钱防止别人取笑：他总是猜想，没有人是笨蛋，安全一点是上策。然后，在他最糟糕的时候，因为没钱可花，人人都断然取笑他。现在他有一点点钱了，他把它们全花掉，所以没有人再注意他。撒哈拉酒店的这间夫妻房里有带高级木纹冰箱的小吧台、小饭厅、两个浴室洗脸盆——还……还可以啦。

另外，消失已久的好运也许也会重回他的手中，因为今晚他给莎拉搞到一个非常不错的客人。这并不简单：在三间不同的酒吧浪费了很多时间后，他才终于在"金沙"酒吧钓到大鱼，不过对方却竟然是住在"撒哈拉"。莎拉现在就在这里，在艾尔房间下面四层楼，跟那家伙夫妻搞在一起。经典之作，几乎就像从前一样：这特别是因为当莎拉几小时前出现时，那家伙果然按照约定掏出一张千元大钞。

他穿过房间去开门。莎拉从他身边走过，拘谨地在床尾坐了下来。

"他们又给了我一百块小费。"她说，"他们想要我的电话，不过我告诉他们找你就行。"她望向电视，发现它没打开时看似有点小小失望，"你想要吗？我说的是那一百块钱。"

他双手抱胸站在她面前。他们两人都没意识到，他的气势没有比一个病恹恹的男人强多少。

"客人怎么样？"他问道。刚问出这个问题，至少他自己就意识到，他已经对此生疏了。

奇怪的是，莎拉反射性地进入了状况。这种聊天是以前接完客后常有的，见又有人和她聊天，她说起话来比认识艾尔之后的任何时间都要更加流畅。"还不算太糟，"她说，"他们用了很多花招，还有一些大东西……我有点痛。让我想起了布伦特伍德的那两个女同性恋。"她抬起头看着他，"还记得吗？她们总点我和温蒂。"他过了一会儿才点了点头。她接着说："他当然是一半时间都在房间角落里看着我们。你真应该看看他们的样子。他们好喜欢这么做。"她低下头仔细看了看绒毛地毯。"你看出来了吗？她是个瘾君子……要我看着她注射毒品。"

对于自己的这种观察力缺失，艾尔不知道要作何反应。"你明天晚上得在赌城大道上干活儿，我一天都有事。你最喜欢在街上拉客，那会让你愉快。"

莎拉点了点头说："我能留着它吗，我是说那一百块钱？你知道我对你总是坦白的，艾尔。"她在说这番话时失去了语言的流畅性。

"哈，它是艾尔的礼物。"他带着慈祥的笑容说，"它是你的了，给自己买件艾尔送的礼物吧。"他短暂地一低头——这是她已经忘了的老姿势——然后开始脱衣服，"现在给我去淋浴吧，莎拉。我今晚都在想你。"

她眨眨眼睛，脚步艰难地走向浴室。但难以解释的是，当她去到洗手盘时，最痛的地方却是脸颊上正在抽痛的割伤。

浴室门关上后，艾尔的注意力转到镜子上，用一把结实的"王牌"梳子左一下右一下地摆弄自己的头发。他在梳妆台的镜子里看到促销小册子左右颠倒的倒影：活生好美现发您请邀店酒拉哈撒。听到莎拉开始淋浴的声音时，他想起了自己的珠宝：他明天应该去把它们赎回来。

莎拉最后回到了床上，这次是赤裸着身体的。她发现自己更无所谓了，她的怯懦变少了，她的接受能力变得能够吞噬一切，就像成熟的肿瘤。她像接客那样让他插入：他也许是她接过的最粗大和最坏的客人，但仍然是个客人。他在她身上激烈摆动着，但沉浸在自己思绪中。她是个空洞的洋娃娃，离高潮十万八千里。艾尔是个精力旺盛的情人，她知道他会持续很长时间——事实上有可能持续到永远。

她本来预期自己会有一点痛，但却发现几乎感觉不到他。他的阴茎虽然相当大，却只在她里面形成模糊的压力，就像施打过麻药后再承受牙医的电钻。这种麻木感对她来说是一种全新经验。他现在不能伤害她了。他可以对她做任何他想要的事情，但却无法伤害她。任何人都可以对她做任何事：她对此毫不在乎。

*　　　*　　　*

现在，窗中的太阳只剩一截，就像一个橘色盘子的顶端。太阳在日出和日落时的速度总是快得出人意表。艾尔一直在等待，在黑暗的房间里观望了几小时，赌城大道异常地安静和寂寥。

他在昨晚的什么时候（精确时间不记得了）叫莎拉离开，走到窗前坐下并跷起二郎腿。他的阴茎仍然勃起着，和四周环境格格不入，也引起他极大苦恼，感到不停的抽痛和疼痛。起初，他为自己看似可以无休止地操她而自豪：他想象她感到害怕、高兴和印象深刻。然后一小时过去了，他仍然没有射精。他自己感到痛，所以甚至不敢去想她是怎样挺得住的。凭着纯粹的决心和因为害怕丢脸，他又再搞了一个小时，但最终从她身上翻身，打发她离开。虽然没有性欲又不感到兴奋，他的下体仍然火热和硬邦邦，俨然要把皮给撑破。他甚至害怕碰它，便设法把心思集中在太阳上，借此忘掉自己的悲惨处境。

多年前，还是小孩的时候，贾迈勒·法蒂住在阿曼——当时这个国家在苏丹赛义德·本·泰穆尔的统治下完全和二十一世纪隔绝开来。他姊姊曼娜因为感染了某种不知名的疾病而发烧打战，卧病在床。四天后，他父亲（一个没什么钱的人）去找一个上了年纪的欧洲人——据说对方有治这种病的药。这趟旅程危险而昂贵，并且不太合法，但他却带着一个装有药的泥罐及时赶回家来。大家本来都觉得这事情不可能，所以看到奇迹出现时欣喜若狂，深信这是真主安拉的保佑。正因如此，后来发生的事更让人难以承受：曼娜在喝完药后开始抽搐，不到一个小时就死了。贾迈勒觉得被耍了，他的小孩脑袋无法明白安拉的旨意。他父亲跑去杀卖他药的人，但没有再回来过。

艾尔的阴茎最终软下来。敲门声吓了他一跳——早上这个时候会有人敲门着实奇怪。他穿上裤子，走去应门。

"是谁？"他把手搭在门把手上，发自本能地准备要瞬间一拉或是一推。

一个年轻的声音从门外传来："客房服务，弗里斯克先生。我给您送早餐来了。我可以用钥匙开门吗？"

艾尔对显然不是有什么阴谋感到失望。他把门推得大开，要痛斥犯错的服务生说："为什么要打扰我！"但一看到一双睁大的眼睛和一张发白的正宗美国人的脸（换言之是表情呆滞且毫无特征），他就打住了。"你走错房间了。"他说，把声调压低很多，近乎耳语。

服务生从制服口袋抽出一张绿色的纸看了看，然后颤抖着说道："对不起，先生，对不起。"他看了看门上的房间号码。"哦……不好了，我走错楼层了。对不起，先生，吵醒您了。我走错楼层了。"他勉强地笑笑，笨拙地鞠了个躬之后掉头走开，吱嘎作响的推车朝饥肠辘辘的弗里斯克先生而去。

"我没在睡觉。"艾尔用几不可闻的声音说。他知道服务生不可能听见。

他走进浴室，用力甩上门，躺在了地板上。他感觉到冰冷坚硬的瓷砖贴在他的肋骨上，背部的瓷砖则更加冰冷。以前不是这个样子的。莎拉有点不对劲。她太柔软了，而他则太容易相处了：大概是疏于练习的缘故。每个人都在盯着他看，但没人认识他——他也谁都不认识。拉斯维加斯糟透了，又吵又热。他痛恨这个城市，痛恨他这个小小的房间。

李子

●

　　毫无疑问，接下来几天还是会这样——班恩一边盯着他光秃秃的手腕一边想。他预期会看到自己珍爱的劳力士手表，却没有看到。就像计划好的那样，他在拉斯维加斯总是让人心情愉悦的一家当铺里把表当了，换了点钱。他用价值三千五百块的瑞士表换回来两百五十块钱加空空如也的手腕。他不打算把这笔钱加入他的营运资金，而是分开来单独用在一件事情上。毕竟他当这块表并不是为了钱，只是为了重新确认一下自己的决心，以充当他人生最后一章的一个证据性脚注。所以，通过这笔交易得到的每一分钱都适合用来完成这部作品，以创造情节上的对称。不仅适合，还很重要，因为他需要一些对他来说重要的东西。

　　一个不错的选择也许是找个开价过高的妓女——某个接受他最后一次射精、接受他的最后基因声明的人。如果要在旅馆灌洗阴道的话就不能给这么多钱了，那个女孩应该穿着湿湿的内裤离开，然后回家洗澡。几小时后，他最后的DNA——可能活得比他久——将会在出租车后座被纸巾擦掉。

　　他的房间实际上更像是汽车旅馆的房间，这八成是因为它是一家汽车旅馆的一部分而不是一家酒店的一部分。他本打算入住装饰着赌城大道那众多色彩斑斓高楼的其中一栋，但觉得它们太抠，不肯给予合理的长住折扣。而且还有其他问题。因为怀疑他的动机，他试过的大酒店都不愿取消每日的女工打扫服务。但班恩不希望自己的卧床痛饮被"清洁女士"打断，也不希望任何人碰他的酒。最后，他和"全年旅店"（Whole Year Inn）的经理／东主达成了可接受的协议。这家旅店——念作"你住进的洞"（Hole You're in）——是那种比较小的汽车旅馆，乍看之下坐落在一个空停车场里（赌城大道上常见这种停车场）。班恩住一星期的费用是一百五十块，日用品从打扫女工应有尽有的小推车上自取，制冰机和游泳池可随意使用——泳池没有值班的救生员。有什么问题的话他可以随时换去酒店住，不过他已经预缴了一星期的费用。不管怎样，他都会算准时间，让自己在人生最后日子入住一间大酒店，好饱览赌城大道的景色。不管是一星期还是几星期，美国银行[①]会勾销掉这笔呆账。

要搬家的话可能要来回几次。这是因为，无论何时回到房间，他都会带回一两瓶这种那种的酒，所以在这里住了还不到一星期，他就积聚了不太小的库存。这是他在洛杉矶无法办到的：那里不是随时随地可买到酒。小小的房间里有好几个储存处。床下、刨花板梳妆台的抽屉里、行李箱里，到处都是一瓶瓶的酒。马桶水箱上有一瓶，脏衣服口袋里有一些小瓶装的，他买来的泡沫塑料冷藏箱里冰着一些，还有更多的是放在床底下，以备不时之需。边看电视边啜着伏特加时，他能感觉到所有这些酒的存在。它们环绕着他，总是诱人并让人感到抚慰，但却无法让人感到安心。

这个早晨，他当了表之后在游泳池旁边待了一阵子，看着一个从中西部来的肥胖家庭在脏水中拍打着水面。他们是来旅行的，在旅馆里已经待了两天，对这里的设施似乎感到很满意。班恩和他们聊天，非常羡慕他们的整体满足感，但他知道这根本经不起审视：他们的生活不适合他，就像他的生活不适合他们，而且他也不想要这种生活。他还对这个胆固醇过多的白皮肤小家庭散发的友善印象深刻——这种美德在中西部有泛滥成灾的趋势。现在，游泳结束后，他放松地

———————————

① 美国运通卡的发卡银行。

141

躺在床上看电视，把他为什么应该今晚花钱找小姐和明天把车卖掉的理由作最后的补充。

他最后一次开车——从洛杉矶开到拉斯维加斯——让他相当辛苦。近日，要想改变他血液中的酒精含量已经近乎不可能。从很早以前开始，他那模糊的视力就很难辨认太宽和太窄之间的界限。所以他讨厌开车，担心开车会危及他本来订好的最佳计划，更别提那会危及拉斯维加斯人的幸福。只要有冲动去一个远的地方，这里任何时间都有出租车可坐。拉斯维加斯也帮助他找回了走路的乐趣。虽然他的体能不济，无法像以前在威尼斯那样轻快和长距离地散步，但他还是很开心能够在晚上的赌城大道跌跌撞撞地走来走去，不时绊倒——这只会对他自己构成威胁。拉斯维加斯对他总是有着这种吸引力：无论清醒还是酒醉，这里都是世界上最有趣的散步场。所以他的车已经成了某种包袱。他现在就能想象，哪天当他躺在床上因为意识到自己将死而如释重负时，"全年旅店"的经理／东主却来搅局，抱怨他把破车丢在旅馆的停车场里。从更实际的角度看，有车这件事情对于他想在这里过匿名生活的心愿并无帮助。车子必须消失，明天他就把它开到弗里蒙特街的二手车卖场去。毫无疑问，就像今天早上的劳力士一样，车子一定也会卖到个好价钱。

至于小姐嘛，考虑到她的裙子和他花钱买的甚至有可能沉溺其中的女阴，他的感觉是：当然要找了。他想找个小姐——小姐，小姐，小姐，小姐。如果他的老二还管用的话，他甚至还可能会操她。他的钱保持得不错，也能轻易地隐藏起来。他再也没有其他可失去的了。在他人生的这个点上——非常近乎是在他人生的这个时期上——他唯一还可能渴求的非酒精物事就是一个温暖的胴体。它是近距离的证据，能证明生命在继续着。这是他的秘密交易，是对当表和卖车好几倍的复仇。他会从一个以为他只是花钱买性的小姐那里偷走一点点狂喜迷幻药。她会来到他的身边，发挥她的聪慧，谈论她来之不易的生存，而他会在她不知情的情况下为自己的人生吮吸出额外的一小时。他会感觉到她的心跳，会快乐地坐在她身边，想着她为了艰辛地活着而多么卖力地工作。换言之，他将会是个好嫖客。

*　　*　　*

莎拉看起来相当闷闷不乐和恍惚，但与最近相比要较为完好无缺。她双手叉腰站在人行道上，曾经装点她脸庞的瘀青就像它们之前突然出现的那样，一夜之间消失殆尽。不过脸颊上的割痕继续吮吸着营养，慢慢成长为艾尔无法磨灭的签名。往来经过的汽车灯光戏耍她的五官，小小的黑影在她木然的眼睛中轻盈地舞动。按照艾尔的要求，她今晚在赌城大道上拉客。但缺失了些什么，她弄不懂自己以前怎么会对站在这一小块人行道上拉客感到心满意足……这一小块人

143

行道……就像黑黢黢的路上一只困惑的猫咪那样，她有点受到了往来经过的汽车灯光的催眠。砰的一声关车门声震醒了她，她转身向发出声音的方向看去。

班恩站在车的外面，驾驶座的旁边。"哈啰。"他说。

"哈啰。你不该站在马路上的。你可能会被撞的。"莎拉说道。

"你在工作吗？"他问道。

"工作？你说的工作是什么意思？我在散步。"她说。

她好像要证明自己在散步一样走了几步，然后停在了车子的副驾驶座一侧。他们隔着车顶看着对方。班恩相当喜欢这个女孩，喜欢她的深肤色和漂亮，所以他选择保持沉默而不是乱说话。对他来说，这更像是请求约会，而不是机械性地找个妓女。他四下看了看。如果他等太久，她会起疑和离开的。但如果他太直接，她会觉得他是个警察。他把手伸进车里，一把抓起停车前在喝的那罐啤酒。一口喝干后，他将空罐扔回车里。

"酒后开车不是非法的吗？"她问道。

"真好笑。"他说，"我想知道你愿不愿意为两百五十块而上我？也就是说，如果你愿意来我的房间待一小时的话，我会给你两百五十块。"

他咬着嘴唇，等待她回复。他今晚来之前因为要开车而少喝了一点，但这对他从来不稳定的神经毫无帮助。在不到一英里之外，满房间的酒在向他召唤。

"你喝得太醉了。"她说。

他看出来她会和他走，所以稍微放松了一些，说道："还好。我的房间不远，就在全年旅店。如果你想要的话，可以由你来开车。或者我们走路，或者我给你出租车费，怎么都行。我住二号房。"

"你何不在上车后给我钱？我和你一起去。"她说，手已经搭在了门把上。她又一次轻易地搭上一个客人，接下来又是简单的一小时：只要按照客人的要求做，就能给艾尔挣更多的面包钱。这让她没那么焦虑了。这套程序已经迅速地成了她得到他赞许的唯一万无一失的办法——那是一块在老鼠走迷宫时放在迷宫中间的奶酪。

班恩坐到驾驶座，伸手去解副驾驶座的门锁。

"我是班恩。"他说，说着从上衣口袋掏出几张钞票递给她。

"嗨，我是莎拉。"然后，就像灵魂出窍似的，她听到自己说，"里面有一个'E'，S-E-R-A，莎拉。"

他们握了握手，然后一起笑了起来。虽然她看起来只是在回应他的笑，但她对自己有冲动以微微超过责任的方式向他介绍自己而感到高兴。这种感觉很新鲜，就像是近些天来她第一次完全自发地去做些什么。

班恩重新把车开入车流中，朝不远的目的地开去。随即他们之间产生了一种微妙的化学反应，这种感觉偶尔才会在刚刚相遇的两个人中间出现。总是一种受欢迎的惊喜，它是一种快速的熟稔，让人可以在比表面相互介绍深一点的层次建立关系。班恩意识到这个，笑容满面。不过他又合乎实际地知道，他充斥酒精的脑袋也许言过其实，而他在一小时后便永远不会再看到眼前的女孩。虽然她比他遇见过的其他妓女友善并看似喜欢他，但她会和他在一起是因为他给了她两百五十块。不管她喜不喜欢他，不管他一天喝多少酒，也不管她看不看得出来他身上有什么需要，她都会在这里。然后他恍然大悟：他喜爱这女孩是因为她有有效理由喜欢他。那个理由就是两百五十块。

"我有点好奇，"她在快到汽车旅馆的时候说，"既然你愿意付我两百五十块——我并不是在意那个……我是说，我觉得没问题——你为什么不住真正的酒店？我感觉你住得起。"

"如果你喜欢的话，我们可以去找家酒店。"他马上说，担心她对他们要去的地方不以为然。

"不用，没关系，我只是好奇。"她说。

他把车开到他房间前面的停车空间，轮胎压在喷着白色"2"字的沥青地面。他转脸对她说："我之所以住在这里，是因为我是个随时都有可能醉昏的酒徒。只要我预付一星期的钱，他们就让我自己一个人待在房间里。但这里确实有点破，我八成很快会搬到酒店去，住进一个带阳台的房间，以便在阳台上醉昏或⋯⋯消失。"

关掉引擎后他陷入了沉默，但没有去开车门。莎拉预期有事将会发生。常识告诉她她应该有一点点害怕，但她的直觉却告诉她，眼前这个人不希望她受到伤害。而且她最近也没有感到害怕的倾向。她迅速地堕入了一种旁观性的宿命态度之中——又或者只是一种纯然的冷漠？她真的不在乎。她知道只有艾尔对她有着某种预期[①]。

"唔，"她说，试着温和地打破沉默，"如果你喜欢的话，我们可以在车里待一个小时，不过时间到了我就得走了。现在是你的时间。"

"不错。"他说，"对不起，我最近思绪常常飘走。"他发现这句话相当好笑，微笑了起来，"我来给你开门。"

"我想我也是。"她说，几乎是在自言自语。

"你什么？"他没太听清楚她说什么，以为她只是随便说说，但仍然鼓励她说清楚。

"我的思绪有时也会飘走。"她感到有点尴尬，也为复述这句话觉得恼怒。她本来可以否认自己说过这话的，但她的脑筋转得不够快。

他有些措手不及，没想到她会这么坦诚。"啊⋯⋯好吧，也许我们最好是同时走神或是交替走神。"他说，又咧嘴又

① 预期她会害怕他。

147

皱眉，准备好就她对他的妙语的反应表示赞同。

"你说你要帮我开门。"

他起身下车，走到了她的那边，惊喜地发现她真的在等着他为她开门。他送上他的手臂，她欣然接受，两人下了车，朝着房间走去。橘黄色的荧光漆门在微弱的咔嗒声中打开，班恩立刻拍拍右边的墙寻找电灯开关。灯打开后，一切赫然在目，无所遁形。

"这个地方需要的，"她看着无处不在的藏酒讽刺说，"是少一些藏酒。"

"十之八九没错。"他说。

五英尺四英寸的她站在六英尺的他面前，足足差了一截手臂的高度。她仰头看着他，微微皱了皱眉头说："你何不脱衣服？介意我用一下浴室吗？"

"当然不介意，想喝一杯吗？我要来一杯。"

"一杯龙舌兰，如果你还有存货的话，再来一罐啤酒。"她说道，口气带着一种没有目标指向的桀骜不驯，然后关上了浴室的门。

班恩感觉自己像是第一次约会的少年。一杯烈酒，一罐啤酒，再加上点讥讽：这个女孩也许很完美。他在旅馆的塑料杯里倒好了酒，然后把它和一罐啤酒一起放在了床头柜上。他冲动地猛灌了一大口波本——大概喝了六盎司——然后把酒瓶放下，这样就能在她走出来时装作是刚拿起酒瓶。

这个反射性的老习惯让他感到很惊讶，因为自从妻子离开之后，他已经不需要再玩这种偷偷喝酒的把戏了。他听到浴室里的水还在流，因为不想被看到脱裤的尴尬样子，他按照她的建议迅速地脱光了衣服，钻到了被子下面。

莎拉从浴室里出来，身上只围着一块全年旅店的浴巾。看到班恩已经脱光衣服躺在床上。她漫不经心地扯下浴巾，赤条条地向放着她的酒的床头柜走去。她一口喝光了杯里的酒，然后坐在他旁边，将被子从他身上拉一点过来。

她干巴巴地说："两百五十块钱你想怎么干都行。你一直喝酒，所以我在上面可能更好，不过其他姿势也没问题。你想操我屁股的话，我有润滑膏……就看你。你想射在我脸上的话也不打紧，只是尽量不要射到我的头发和眼睛。"她考虑要不要要求他不要打她，但又断定他不是那样的人。不管怎样，他都没戴戒指，一个巴掌不太可能打得她脸上的割伤裂开。"那会让我的眼睛刺痛，也让我需要洗头发。作为开始，我会帮你吹一会儿喇叭。"

在他能开口以前，他的老二就被她衔在了嘴巴里。虽然他硬了起来，他知道他不会有高潮：他是个经验老到的醉酒嫖客了。因为想到有事做会让她比较自在，他让她继续吹了几分钟，不过他想要喝酒多于被人吹喇叭。他坐起来，一只手放她肩膀上，示意她停下来。

"你想现在就干吗？"她问道。

149

"也许先喝杯酒。再来点龙舌兰吗？"

"好。"她说，然后有点困惑和恼怒，"不过到底怎么回事，你是太醉没法射了吗？"

班恩刚刚喝下波本威士忌，能量获得了补充。现在他的嗓音中带着足够的酒精成分，足以掩盖他的青涩纯情小伙子调调。

"我不在乎那个，"他说道，"只要和我在一起待会儿就行。还有点时间，你可以拿到更多的钱。你可以随便喝你想喝的酒。你甚至可以把我的车开走——反正我明天早上也要把它卖了。你可以说话或听我说话，反正是留下来。那就是我想要的。"

她看得出来这些都是真话，她的妓女身份已经从这种见解中消失了。她也没有可以应付他的工具——艾尔已经把它们拿走了。唯一能填补这真空的只有她的真正自我还剩下的部分。茫然不解地，她低头沉思。她看到自己的乳房，看到自己的阴户。她觉得自己可以和他聊聊。聊一小会儿也许会很不错。

因为想不到什么好话题，而且也是真的想知道原因，她问道："你为什么要把车卖了？"

这个问题让他笑了。他把酒递给她。他靠在枕头上，身边有个女孩，一瓶酒伸手可及——这一切正是他想要的。

*　　*　　*

出于谨慎（他不想让她觉得他有时间做这种无聊事），也是出于无聊（这个姑娘似乎喜欢神秘消失），艾尔在今晚较早时间便最后一次经过赌城大道和莎拉的家。他会在早上去找她。

他将要好好演出，因为他再一次无法找到客人。连陌生人都在躲着他。事实上，艾尔自己也开始嗅到了绝望的气息：它似乎如影随形地跟着他。

这个早上，整晚都没睡的他坚持要淋浴和换衣服，以便终于可以去赎回典当的珠宝。但到头来他却坐在了角子老虎机前面，一再投币和偶尔收收币，如是者一直玩到天黑（看到天已黑时他没有太惊讶）。他输了两百多块。

她最好是多带一点钱回家，他心想，一面想一面生气地将另外二十美元塞进耐心等在他面前的束袜带里。他轻蔑地打量四周的男人：全是些酒鬼和色鬼，整个地方找不到一丁点儿尊严。这里的女人——他原本拥有很多让这些女人相比之下像狗的女人——都是毫无自尊心的木偶。她们毫无意义也毫无方向地赤条条站在猪一样的男人面前。"再来一杯！"他将杯子挥向空中喊着，然后砰地又摔回桌子上。她最好是多带一点钱回家，他心想，一面想一面从面前的一沓钞票中又拿出二十美元来。舞娘以撩人舞姿弯下身子接了钱，为他又开了双腿。艾尔看着她的阴户，眼神恶毒，呆滞无神。

*　　*　　*

透过厨房的窗户，莎拉注意到清晨的第一道阳光开始在驱走黑暗。她正在继续喝着她昨晚从客人那儿顺手牵羊拿回来的龙舌兰。她和他聊了两个多小时，如果不是他醉昏过去，她本来还会待更久的。龙舌兰是她作为超时工作的报酬临时起意拿的，也是因为她想直接回家，不想半路停下来买酒。

班恩——她有点搞不懂这个男人，也对他开始感兴趣。他不像其他男人那样，会问她你为什么会做这个或你怎么做得来这个之类的问题——过去她经常从想要和她成为朋友的善意嫖客那儿听到这种问题。有很多次，嫖客们扮演起社会研究员的角色，意识不到他们只是想操她，还以为他们能拯救她。她遇到过有各种各样怪癖的男人，而他们出于这样或那样的理由，必须把自己和自己正在做的事情区分开，并且清楚地表明他们在社会地位和道德地位上要胜她一筹。班恩毫无这样的痕迹。实际上，他付钱给她吸他老二的事实对他们接下来的谈话毫无影响。她聊起天来也非常自然，就好像又变回两星期前那个能说善道的她。除了有点小小的虚荣心之外，他毫不做作，让她完全记不起他有什么虚伪的地方。他是个酒鬼，他是个绅士。他能够跟她甚至向她自己都隐藏起来的部分聊天。如果他称她为妓女的话（他没这样做），她会很肯定他只是在就事论事，一如他称自己为酒徒一样。他看来对谁都没有价值判断，甚至对他自己也没有（果真如此的话，这个真空肯定使他很难适应）。而她不知道，他会这样是因为他本身就是这样还是因为他是个酒徒。不管怎么样，这都像是一泓清泉，可以涤荡掉她身处其中的一些有毒废水，让人精神一振。

他给她讲了自己来拉斯维加斯的过程，从决定处理掉所有家当讲到醉酒驾车到这里来的危险之旅。他们光着身子肩并肩坐在床上，而莎拉因为艾尔前一晚的无情抽插，下体仍然作痛，也高兴有机会休息。因为不希望对一个客人显得过分感兴趣，她把好多在别的场合会问的问题忍住没问，例如没问他为什么会到拉斯维加斯来。他声称他喜欢不分时候地喝酒，虽然她当然可以相信这一点，但她看不到哪里是尽头：她不觉得他是特权阶级的一员。他还说他喜欢隐姓埋名，而拉斯维加斯是一个很能让人做到这个的地方。对此，如果是两星期之前，她会表示同意。不过他看来除了喝酒以外什么都不想做——这虽然不是她太赞成的，但她怎么也无法把他和她心中的酒鬼形象联系起来。

她就那么听着他说话，一半是因为感兴趣，一半是因为有共鸣。她任由时间超过原来说好的，这是由于她觉得自在，而且他没打她、狠狠操她或是在她身上撒尿。他渐渐变得口齿不清，然后便没声了。她还以为他在沉思，待转头一看却发现他坐在那里，头垂了下来，嘴巴张着，静静地打着呼。看了他一会儿后，她起身穿好衣服，叫了辆出租车，拿了瓶酒走了。

天色已经几乎大亮，她也准备好睡觉了。她把酒瓶推到厨桌的一角，放在班恩给她的钱旁边，然后走进了卧室。她把睡袍脱在地板上，把他从脑海中推开，闭上眼睛，等待入梦。

* * *

"还不到五百块？这就是你在街上待了一晚上的最好成绩？"艾尔对着莎拉的脸大声咆哮。他不习惯喝酒，昨晚在无上装俱乐部豪饮了一晚掺水的酒之后，他现在的感觉一点都不好。

她是被他的敲门声吵醒的，身上还穿着睡袍。"对不起，艾尔，昨天晚上没什么生意，我……"她搜肠刮肚地想着该怎么说，"我就是钓不到客人。"

"你以为你是谁，是个不懂事的十六岁好莱坞女孩吗？你精通此道，莎拉！"他突然扬起手狠狠地扇了她一巴掌，一记没什么杀伤力的训诫性巴掌。

她喜欢这个。她不知道原因，但感觉像是解开了某种东西。她又试着说道："别无理取闹了，艾尔，你再了解不过

154

了。也许只是因为没人愿意操一个脸上有割伤的妞。这叫损毁货物吧？那是会留疤的。"她猛地把脸伸到他面前作为举证。借着酒劲释放了被虐狂行为后，她又对自己的大无畏感到不可思议。"最好把以前的刀子游戏玩到底，哈？眼不见，心不烦？"她转过身去，从抽屉里抓过一把牛排刀，扔到他脚下，同时脱下了睡袍，将背部对着他。"就是这儿！来吧，艾尔！"她说。

他对她的责骂感到十分震惊，竟然呆住了。他低下头看着她从屁股到大腿的一道道刀疤。这些年里他也一直记着这些刀疤。别担心，莎拉，不会弄在你脸上的，现在背对着我。他以前总是这么说的。如此多的眼泪。那是他给她的礼物。她是唯一见过他流眼泪的人。这个记忆，眼前的情景，她的愤怒：这些对他来说都难以负荷。"你昨晚去哪儿了？"他说，两眼圆睁。他的声音在发抖，整个人充满压力，就像要爆炸了。

"我告诉你了，昨天晚上很不顺。所以我去'热带花园'喝了几杯。"她看着他说道。她觉得自己像是房间里的第三者，无动于衷地看着这一切。现在他杀了我，现在我睡了，他就会离开。但她也记得他的眼泪，记得他每在她身上割一刀都是在自己身上割得更深。而即使在流血，她也知道，她的刀痕终究会结疤的。

他的一部分想用双手拧光她的生命，或者是不停地打

155

她直到她心跳停止。他从没杀过人，更别说是杀女人了。也许这就是他人生的毛病所在。所以他不但没去杀她，反而感到阵阵恶心，身体摇摇欲坠，必须扶住桌子才没有倒在地板上。

让人难以置信的是，她想走向他，帮助他。一切都没改变，她想承担他的痛苦。

他稍稍回过神来，站了起来。他以前从未见过这个女人的这种样子。他再也不会来这个地方了。他吐了口口水说："今晚去干活。结束后把钱给我带来……无论几点。"他转身走了，被猛地关上的门在他身后咯吱作响。

"我会的。"她说，光着身子站在厨房里。

*   *   *

虽然莎拉还没意识到这一点，但她知道她还想再见到她称之为酒鬼客人的班恩。她的生活变得有点空洞，甚至失去了知觉。他是比她认识的其他人都更好的伴：两人构成了一个极端高门槛的俱乐部。他的一些情况让她回忆起醒着、工作、吃饭和睡觉的独特的美（要想亲近黑色就得首先完全了解白色）。现在那些感觉都到哪儿去了？她记得她在他房间里感受过它们。

所以，当发现自己又去到昨晚两人相遇的那段人行道时，她没有丝毫惊讶。每辆经过时慢下来的车都会引起她片刻的期望，而这些期望又会在她发现车和司机她都不认识时消失。在讨价还价时，她的态度比平常硬，这让她丢掉好几个客人。但她并不觉得遗憾，因为她宁愿一直待在街上而不想冒错过他或让他被其他小姐捡去的风险。她猜他昨晚烂醉如泥，根本不记得她的长相，但对此又有几分存疑。一辆白色的豪华轿车开到她旁边，打断了她的思绪。她预感到这一次客人将会出价不菲，使她难以拒绝。

事实上，她并不知道自己想从班恩那里得到什么。也许他会要我和他交往，她自嘲地想。此时一道热腾腾的精液正喷射在她的喉咙里。她正跪在酒店套房的床尾，为一位来自得州的日本商人履行她的义务——对方出价很高却只要她吹一次喇叭，她无法说不。她把精液吐到一条酒店毛巾上，向后拢了拢头发，告诉日本人她必须走了。匆匆回到街上后，她发现班恩拿着一杯酒坐在公交车站喝着，样子像在参加鸡尾酒会。

"别跑开！"他说，一边站起来一边比出安抚的手势。

"我为什么要跑开？"她问道。现在他就站在她面前，她整晚幻想着的情境变成了真实。但她却变得怀有戒心和拿不定主意。"我知道你不是警察，那么今晚想做什么？再给我两百五十块看你睡觉吗？"

"不。"他坐了下来，停顿了一下，"我不记得昨晚发生什么了。我担心自己会不会对你粗暴或不好。如果有的话，我很抱歉。"

"没有，你只是喝醉而已。"她体贴地说，"但那没什么。"

"我来这里是希望今晚还能找到你。如果你想要的话，我可以给你钱，但我宁愿像朋友那样找你出去。也就是说，我喜欢你，想在一个社交的基础上见你——如果你明白我的意思的话。我不知道你有没有男朋友，又或者有没有女朋友，但如果你有时间的话……我们也许可以……一起吃个饭。"

"你是认真的吗？"她说，知道他是认真的。

"如果我是非常清楚知道这一点的话……我们都知道我可能不清楚……我想我是认真的。"

"什么时候？"她问道。

"现在时间还早，虽然这一点在拉斯维加斯并不重要。"他说，又站了起来，这一次感到有些头昏眼花。

"我刚接了一个很多钱的活儿。"这话是试探性质，她紧紧盯着他看他的反应，却什么也没有看到，"我今晚可以收工了。如果你想吃点什么，那也不错，你看来用得着吃点东西。不过我得先回家洗澡，不会太久，如果你不介意等一会儿的话。你的车在哪儿？"

"今天早上卖了。"

"你说要送我的时候我应该拿去的。"她听到他真的把车卖了感到有点惊讶，这个小小的披露不知怎的为他说过的其他话提供了佐证，"我打赌你从城里非牟利二手车商那里得到了一个好价钱。"

"事实上只够付我打车回旅馆的车费。我不在乎。我总是喝得太醉，不适合开车了。我们可以打车到你家去。打车是我的最新嗜好。"

他们都笑了。被一种全新的亲和性攫住，他们对还没有聊到的话题都有着心照不宣的预期。他们因为长久休眠的谈话技巧的恢复而焕然一新，而虽然疏于练习，这种技巧看来一样地有效。奇怪的是，在两人之中，最先准备好拥抱火花的人是莎拉，尽管这火花仍然只是她的周边视觉的一颗小点。她的内在声音向她提到口渴和记忆。

"我们应该先去买一瓶龙舌兰。"她说，"我欠你一瓶。"

"你当然得还。"他说。

过马路买了她坚持要付钱的酒后，他们招手拦了一辆总是不缺的拉斯维加斯出租车，开往她不远处的公寓。她从来没让顾客去看过她的住处，而他们之中当然也没有一个对此在乎：莎拉不是接熟客的类型。但当她决定带班恩回家的那一刻，他就已经失去了顾客的身份。

*　　*　　*

在差不多算是他家的夫妻房里，艾尔听得见从床头板后面那堵墙的另一边传来的声音。他非常专注地在黑暗中坐了好几个小时，设法听清隔壁房间的陌生人在说些什么。

"……六个小时……相信……每次……不能就这么坐着……托儿所……"

床尾有一个打翻了的酒店托盘。还没切开的土豆和羊肉撒在了地板上，豌豆和葡萄干也漂在一摊茶水里，已经面目全非。艾尔不记得这一切是怎么发生的。在他从小睡中被说话声吵醒时，房间里就已经这样一团糟。托盘上的东西本来是他的晚餐。

"……给修好了……薪水支票……打开它……救生员……"

艾尔聆听着，双眼睁得大大的。他可以发誓，不到一个小时前他们还提过他的名字。大概他在拉斯维加斯太显眼了，到处打听得太多。他必须学会低调点。从现在起，他必须非常谨慎才行。

* * *

"你知道吗，上星期我看到过你。"她说，又迈出了试探性的另一步，"我看到你倒在人行道上。"

"不是开玩笑吧？什么时候？上星期我跌倒过两次——我知道的有两次。如果老和我在一起，你还会看到很多次。"他说。

她选择不去评判习惯性跌倒的利弊，说道："就在离你住的地方不远，不过是在马路的另一边。时间是深夜，上星期初。我喊了你几声，但你好像没听到。你躺着一动不动，我怕会引起警察注意——你躺着的样子就像一具尸体。"最后一句本来是玩笑话，但她刚说完就后悔了。这是她第一次注意到他看上去有点病恹恹的。

"我不觉得我躺了那么久。我不是马上就爬起来走掉了吗？"

"好吧，我说不准。你说你已经习惯了，但看到你那样跌倒和躺着让我担心。"她在说担心这个词的同时一扬眉毛，还直勾勾看着他。这种情感暗示让谈话陷入了困难。她唯恐自己太过头了，便倒退回去。"我担心每个人。"她说。

"我知道你是这样的人。"他说。出租车停在了她公寓前的人行道边上。他们到她家了。

对于正在淋浴的莎拉和初次来访的班恩来说，公寓本身在他们的夜晚中成了一个消极的参与者。显现地沉默着，活像一只不声不响的家猫，它用怀疑的眼光观看班恩。他耐心地坐在厨桌前等待着——莎拉去洗澡前和他一起坐在这里。然后他有礼貌而好奇地站了起来，绕着屋子转，一只手端着酒杯，另一只手这里摸摸那里碰碰，端详各种不同的东西。在厨房里转完以后，他又大胆地踱进起居室。

她家里的东西寥寥可数，所有东西都排列得极为井然有序。看到她的整洁，他看到了过去的自己，这个发现让他感到很欣慰。厨房里有十五或二十个纪念牙签筒，大部分都用亮漆写着本城市的拿手好戏：我在内华达州的拉斯维加斯剔得干干净净①。每个牙签筒都按照容量装着合适数量的牙签。他猜这些是她在赌城大道的漫漫长夜里给自己拿的礼物，看中的就是它们的俗气。他的双手敬畏地绕过它们，因为这些牙签筒毫无疑问对她很重要。冰箱上贴着一张画有小猫和毛线球的贺卡。他翻开来想看签名，却看见一片空白，显示它在这里的存在不过是出于女性对这类图画的喜爱。家具既不昂贵也不独特，顶多还算雅致。这个女孩明显对室内装潢的领域没什么热情。事实上，他注意到这间公寓以缺乏任何传统形式的艺术自豪。就像一个贵格派教徒的家那样，它柏拉图式地否定除功能以外的一切，但正因如此，它俨然是一件更高层次的艺术品：一件刻意建立在基本现实之上的艺术品。电视是黑白的，看起来很少开。书架上有个简易的收音机，还有不少平装本的英美文学作品。室内和室外的地毯都是灰色的，沙发是亚麻布的。没有粗毛也没有丝绒，没有粉红色也没有黄绿色。公寓里看不到对高端电子产品的热爱，也看不到对媒体、期刊、海报和绘画的着迷。但它也没有捉襟见肘过日子的氛围。不像没想象力的人的住所所常见的那样，这里的布置不存在任意性，随处流露着质量。班恩用后脚跟旋转身体，迷迷糊糊地打量房间，但随即因为浴室的水声中断而猛停下来，结果把一些酒洒在了地板上。这房

---

① "剔得干干净净"在原文中又可解作"输得干干净净"。

子看不出居住者的身份。他断定它是一位天使的家。

"你没事吧?"莎拉在浴室里面大声问道。

"当然没事。我会有什么问题吗?慢慢洗,我没事。"他走回厨房,给自己又倒了一杯酒。

她继续在浴室里声音模糊地说:"我一会儿就洗完,你自己再喝一杯吧。"

他坐在桌旁边喝酒边等着。过了一会儿,当莎拉走进厨房时,发现他正一动不动地盯着地板看。

"你还好吗?"她问道。

他起初看似没听到她说话,但随即有所反应,微笑着说:"当然好。你看起来很美。"

"谢谢。"但一丝忧虑的神情浮现在她的脸庞上。她发现自己更觉察到他其实有多不好了。"现在肯定很晚了,"她说,"你知道几点了吗?"

"不好意思,我的表和我的车是一样下场。我不只因为喝太多而无法开车,还因为醉得太厉害而无法参与守时的世界——即使作为旁观者也是一样。"他举着光秃秃的手腕说,另一只手里拿着酒杯,"我的表是肉做的。你知道吗,在洛杉矶,每逢时间太晚而买不到酒的时候,我总是缺酒喝。明确的解决办法就是搬到某个永远不会太晚的地方。当然,我现在已经来到这里,看来已经解决了库存的问题——你看到过我的房间了。但我会采用这种违反常理的方法一点也不足为奇。不管怎样，我已经厌倦了在早上六点走进酒吧时被人当作傻瓜看……就连我家附近的酒保都开始跟我说教了。这里的人无时无刻不在喝酒，没有人在乎。也许他们是有合理理由的，比如他们正在休假之类的，但这都无关紧要，最主要的是因为他们并不是长住在这里。他们不会太过火。"他停了下来，怕自己讲得太多和讲得太早，"我是在瞎聊，我真的喜欢你。你让我想要说话。我不知道现在几点。"

"我喜欢听你说话，"她说，也言出由衷，"如果你能够走几步的话，我们可以到街角的一家店去。反正拉斯维加斯所有的食物都很糟糕。这样的话我们就不用等出租车了。你觉得怎么样？"

"有酒吗？"班恩问道，不过他其实并不怎么关心这个。如果有必要，他可以带上自己的酒。在他看来，在街上走一段路这件事听起来很不错。

他们在餐馆里不费吹灰之力地聊着天，继续进行着新相识者那种漫无边际的谈话。不过，他们相熟程度增加得比大部分人都快。他们都感觉到对他们的友谊有着心照不宣的迫切需求。除了班恩所感受到的明显时间因素外，这种不耐烦也源于他们共有的一种更迫切的需要。他们正在看着和思考着的，是一个莎拉长久以来没有面对和对班恩来说总是基本的真空。他们都意识到这是一个阻止一场情感悲剧的机会。他们正在跟一个困惑挣扎，那就是他们发现他们长期持有的

164

一个假设也许是错的。他们立刻头一次看出他们也许做出过什么决定，以及看出他们现在也许拥有了一个未曾料到的选项。

对班恩来说，这些感觉和他对自己所做的事是分开的。他分配给自己人生的短暂时间除了导致他日常行为的改变，还影响了他的精神状态。他相信垂死——即将到来的垂死——是他人生中不可改变的事实，而由于这个信念越来越有现实根据，他对它的态度无异于其他人对自己的自然死亡的态度：意识到其不可避免性但不会对其终日萦怀。不过，他的行为在不知不觉中对他造成额外的影响。管理者们已不复存在，他现在追寻的是直接和故意，是拥抱挑衅和避免辱骂。随着有限的幽灵逼近得非常近，班恩几乎可以把这一次设想为他整个人生的一个缩影，一个窄但高的空间，是要热烈地去玩耍。所以一个女孩就是一个女朋友，而一个女朋友就是一切。这是一个十四岁男孩的心理状态，他对还无法预见的未来不感兴趣。班恩爱慕莎拉，乐见她成为他生命的一部分。但改变人生，将其延长，早已不是他能有的选项了。她应该像他一样接受这个前提。虽然也许只是一厢情愿，但他看出她有这样做的能力：这就是她在他眼中的魅力所在。

"你是怎样成为酒徒的？"莎拉问道。她一直看着他在未加酱汁的小份色拉里面挑挑拣拣。他最终把色拉推到一边，又叫了一杯酒。

"这是你想问我的吗？"他掂量着。

"对。"她知道她不只是在问一个问题，也愿意坚不让步。

"好吧，"他说，"那么我猜这是我们第一次约会或是最后一次约会。直到现在，我还不确定是哪个。"

"你很聪明。好吧，是第一次。这是我们第一次约会。"她投降了，"我很担心。你为什么要杀死自己？"

"有趣的措辞。"他说。沉吟半晌后，他近乎自言自语并像是出于挫折地说道："我不记得了。我只知道我想要那样做。"

"想要做什么？杀死自己吗？你是说你想用喝酒这种方法来杀死自己吗？"她隔着桌子向他探身，要全神贯注听他说话。

"或者说用杀死自己这种方法来喝酒。"他开玩笑地说，并笑起来。他已经决定暂时不去处理这个明显不可避免的问题。也许他会死在洗手间里，那他就不必面对它了。但事实上，他也不确定自己的回答有多蠢。他已经完全不确定任何有关"怎样"或"何以"的问题的答案了。他不再想要处理它们。

她恼怒地放弃了坚持。但她一样看出来这是未了之事，尽管在某种意义上它并不是那么紧迫，甚至看起来和现在毫不相关，所以当然也不值得拿现在来冒险。平心而论，她自己今晚也不愿意谈朝不保夕的妓女生涯，并再一次对他没有提起这个话题感到印象深刻。莎拉试着不再太深入地看事情，唯恐它们经不起审视。一切都应该顺利展开，而她应该能够只是扮演好自己的角色。她喜欢与班恩相处，而喜欢什么的感觉真好。所以她看不出来她有理由为了挑战这个男人的人生规划而搞砸一切。

她自己这些天的人生规划也就不过是这样。规划：活下去。如果不得不卖掉她的灵魂才能换来这个的话，那也没关系。至少她的血不会再像以前那样肆意流淌，而他则睡在了别处。现在，有些家伙想在后面操她——没关系。也许艾尔又想开始拿刀割她了——没问题。她现在年纪长了些，更成熟了些。什么事都和以前不一样了——当她还小的时候，她总是会为这种事情烦恼。现在她不再烦恼，改为顺其自然，每天早上照旧还是能够醒来。如果刀子割得太深而她不再醒来的话怎么办？那就算了，至少这不是她自己干的。到时，她将结束自己的角色。毕竟，生死之间有的不过是一条不那么细的界线。每个人都为自己那无足道的小小边界感到自豪。他们审慎地发誓说：我永远都不会那样做！他们大概真的不会那样做。更可能的是，他们永远都不必那样做。不管怎么说，那就是他们，那样很好。不是所有男人都想对她这样做。有些男人喜欢她，很多家伙欣赏她。她帮助他们解决问题。帮别人的感觉很好。那是活着的一种红利，就像蛋糕上的糖霜。解决掉所有事情真好。

"班恩，"她说，看着他从杯子里啜酒，看着杜松子酒从他肿胀的脸上滴下，"你今晚何不待在我的住处？我是说……"她迟疑了一下，"你看，你喝得这么醉——或者说以这种速度喝下去很快就会很醉——你可以睡在沙发上。我信任你。我喜欢你，别看得有多严重，我只是一想到你还住在那种破旅馆就心疼。你看起来这么孤单……我是说……让我们敞开来说吧：你他妈的究竟在拉斯维加斯干什么呢？"在这句话脱口而出后，她向后靠去享受她的决定。虽然他一脸感到好笑的表情，但她在她的部署下已经确保了所有女人对所有男人——所有真正的男人——应该具有的最终权威。

"真让人惊讶，莎拉。又或者应该说不让人惊讶。"他被她的慷慨深深感动——他总是对别人对他的明显怜悯表示深深感动。稍稍平复下来之后，他意识到这其实是她的一贯行事风格，意识到她是个真正的好人。"别担心。我跟你说，我很快就会搬到酒店去住——明天就搬——如果这能让你感觉好点的话。谢谢你，不过我没怎样。我回到旅馆就会醉昏过去，我们来聊聊明天吧：想干点什么来着？"他喜欢这个简单问题的年轻声音[①]滑过双唇的感觉，但随之而来的是一声咳嗽和喘气声。

---

① 该问题的原文用了年轻人惯用的语法。

"当然好，但我们今晚有件事要先干。我们得打车去撒哈拉酒店处理点我的私人事情。然后拜托住在我家吧，就算是为了我。我们可以聊到很晚和睡到很晚再起床。你知道的，我自己就是老板。"

听到这个，他开怀大笑起来。莎拉虽然被自己话语中无意的讽刺吓了一跳，但还是跟他一起笑了起来。在欢笑中，他同意了莎拉的建议。但他的犹豫也是真诚的：因为他爱上了她，所以必须加倍小心——哦，特别小心。

* * *

没有太早，也没有太晚，她到达的时间刚刚好。她要班恩在主酒吧里面等，说自己十来分钟后回来。幸运的是，他很愿意被留在酒吧里，一点都没有表示担心。他对她要办的事也不好奇，虽然她猜这是出于他对她早前说过的私人事情几个字的尊重。有鉴于房间里住着的人，她对敲门的坚持让人惊讶——门在她的拳头底下似乎要变弯了。

"嗯？是谁？"里面传来的朦胧声音让她感到陌生：既像是艾尔的又不像是艾尔的。

"是我，艾尔。"

他打开了门，一开始只开一道小缝，然后才全打开。"莎拉，"他伸直后背正色说，"现在……"他环顾四周，大概是想找个时钟看看，但却没有找着，"现在很晚了。"他断言

169

说，好像没有时钟就是时间很晚的确定标志。

她绕过他进了房间。"抱歉，艾尔。今晚生意不错，有很多客人。"她撒谎说，从钱包里掏出七张百元大钞（大部分来自出了大价钱的那个大客户），把钱递给他，"我觉得一切又开始变好了。"

他没有回应，只是默默地接过钱，然后把手指竖在了嘴唇上，显然是在聆听什么声音。她注意到他出了一头汗，这让她感到很担心。她突然不想一个人和他待着了，她感到双膝发软。

他走到床边看着她，一根手指仍然竖在嘴唇上，又以另一根手指示意她过去。他手上那枚仅存的戒指暗暗地反射着四十瓦的床头灯灯光。你的珠宝都去了哪儿，艾尔？

好吧。她别无选择。[1]五分钟前她曾想到可能会有这种意外情况发生，所以才告诉班恩她办的事情可能要比预估的多花一点时间。她惊讶地发现自己有多么不情愿这样做：突然间，她感觉自己一点都不麻木了。她把钱包扔在床尾，开始解女式衬衫上的扣子。

但他挥手制止她并猛摇头，低声说道："你告诉过任何人我住在这里吗？"

他奇怪的举动让莎拉感到不解和害怕，也许还不能自己

---

[1]　她以为艾尔要她上床做爱。

地有点恼怒。她想回答说：我能告诉谁，艾尔？谁他妈的会在乎？但她只是说："没有。"她站着，等着，不确定自己是否该继续脱衣服，准备好迎接艾尔会因为她猜错而爆发的狂怒。

汗水开始从他的脸上滴下来。他想求求她。他想告诉她，他真的真的想求她留在这里和他一起聆听，告诉他为什么隔壁房间的陌生人在谈论他。其实这很简单：你听到了吗？但她不会听到的。他知道她恨他，所以她会假装什么都没听到。他完全是孤身一人。现在，他每时每刻都无法承受在她眼中显得软弱。"你走吧，莎拉。"他低声说，"回家吧，明天我会打电话给你。"

她盯着他看，越来越担心——这种担心是一种同时对施虐者和受虐者而发的混杂担心，是一种对所有被干的人（无论他们知道自己被干与否）的合并担心。他让她想起了在廉价汽车旅馆房间角落里呕吐的那个男孩。她想要他揍她，想要他当他自己，但这一次是为了他而不是为她。"你是不是……"她说，但刚开口就被艾尔用激烈的动作制止住。

他转向她，低声又耐心地说："莎拉，请回吧。这对你我来说都很重要。我正要接一张大单。是和我们的客人有关的事，我必须得听听。"

揍我吧！操我吧！干点我熟悉的事吧，求你了！因为无法理解，她怔在了原地，直到他再次用十分可笑、几近胡闹的手势示意她走开。汗水从他猛摇的头上飞溅。于是她离开了他的房间，在穿上衣服时不知不觉绷掉了一颗纽扣。

＊　　＊　　＊

就像常常发生的那样，因为偶尔的机缘巧合，莎拉对班恩的一晚邀约发展成了一个两人之间心照不宣的安排。莎拉比她自己认为的还渴望有个伴，所以她轻易地就喜欢上了班恩让人舒服和接纳一切的举止，喜欢上他不着痕迹和真诚的关心。透过不用语言来制订一个具体的计划，她既维持住独自生活的人那种根深蒂固的独立性，也能满足她对友谊大多未获回应的渴望——此刻，这种渴望正以不自知的强度熊熊燃烧着。

除了可以满足这些普遍的需求外，他还有作为她净化自我的催化剂的功能。他是一根帮她把她的灵魂从艾尔撬走的杠杆，因为她已经明白了，逃离只是权宜之计。对于班恩这个本来白天和黑夜不分的人来说，他很愿意被卷入这种处境——事实上，对他来说这是一次最好不过的被卷入。在他的内心里，他很感激能有机会发挥作用。

莎拉没有给艾尔打电话，如今，艾尔对她来说是个未知数，喜怒无常而怪异。两天前电话响起时她也没有接：当刺耳的铃声把她吓了一跳时，她第一个冲动就是不去接电话。他们当时就坐在地板上，班恩刚抓住她一个膝盖去配合正在讲的笑话。铃声只响了三下，前后就这么一通电话，此后别无其他。她发现这种持久的寂静非常可怕，知道艾尔这事就像她本来知道的一样，必须快快处理。大概甚至在现在，他都在她的窗外潜伏着、嘲笑着并绝望着。不知道有这个威胁存在（莎拉把艾尔的事保密），班恩虽然经常醉得连路都走不了（更遑论打架），但还是能被动地灌注她某种勇气——还是说他只是召唤起她本来在沉睡的勇气？

三天以来，她和班恩一直在促膝长谈，回顾自己的人生，偶尔外出吃饭、买酒和给他买新衣服。他们既没有表白对彼此的迷恋之情，也没有恢复第一晚相遇时在汽车旅馆房间里本可以进行的性事。这天下午，莎拉从小睡中醒来，发现他正在卧室一角看着她，便决定把两人的同居定型化。

"你在汽车旅馆租的房间到期了吗？"她开口问道。

"唔，一定到期了。"他说，"我在莎拉酒店这里住得有点失去了时间意识。今天我就去处理这件事，或者是今晚处理，又或是在下一个时间段处理。你何不和我一起去，我们找间真正的房间？赌城大道上的高楼你任挑一栋。"

"我的意思是你应该把你的东西搬到我这里来。搞什么东西嘛！我们在一起已经这么久，你没有理由把你所有的钱挥霍在酒店房间上。承认吧，我们住在一起很开心。我想在这个问题上我们就不必拘泥形式了。你知道的，班恩，我完全相信你的正直。我现在想要你待在这里。我不太关心长期规划，而就我所能见，你不像是有什么长期规划。我们能不能像小孩子一样游手好闲，只管嬉闹？这就是我想要的。何不把你的东西搬到这里来呢？"

班恩希望她说得没错，但他也知道他最近都在小心翼翼地喝酒，喝得非常有分寸，所以她还没看过他最糟糕的时候。这种情况难以为继。他离她越近，越爱恋她，他就越多地认为这可能是个错误。也许他错了，也许他一开始就不该和这个女孩发生任何瓜葛。本来一切都安排得好好的，本来按计划他会以一个无名氏的身份在拉斯维加斯翘辫子。为什么他要改为翘在这个女孩的大腿上呢？不该让她看到这一幕的。

"你不觉得和一个酒徒一起生活有点无聊吗？"他试着说道，"你还没见过最糟糕的时候。我会打翻东西。我会一直吐个不停。我最近会感觉这么好简直是个奇迹。你就像是某种混合了酒精的解毒剂，让我能够保持平衡。但不会一直这样的。很快你就会感到厌倦的。"他的眼睛盯着他所在的角落前几英尺处的一个黑点。那是一只蜘蛛，它用一根线悬在一张旧网或未来的网上，正随着房间里的气流摆动着。这看起来是它唯一的运动，所以这只蜘蛛可能已经死了。他转向她，挑战性地闭起嘴巴，像是说：醒醒吧，姊妹。

但她决心已定。"好吧，那么你搬到酒店去，我会恢复我独自一人的华丽生活。我现在回家的唯一目的是用一瓶李施德林漱掉嘴巴里的精液味道。我厌倦了独自一人……那是我所厌倦的。天啊，看看你！你看起来就像随时要倒毙一样。我想让你和我一起待在这里，而你想做的是爬进一间黑暗的汽车旅馆房间里。我无法忍受总是要为你担心。在我们走得更远之前，现在就得做出决定。要么你就和我一起待在这里，要么我们永不再相见。"她在想要不要告诉他关于艾尔的事。她原希望先在艾尔的套房里解决这件事，之后再像讲故事一样把事情告诉班恩，但她的一个部分坚决认为，他之所以想搬走纯粹出于恐惧。这让她欠他更多了。

房间里一片寂静，他在她逼视的目光里燃烧起来。他必须有所回应，而他痛恨这种压力。他的脖子开始打战。他用颤抖的手端起酒杯，把捧了已久的伏特加一饮而尽。

"你有所不知的是……"他开始说，想要和盘托出，告诉她不用担心酒店的花费，因为那可以用他的塑料资产搞定。也就是说，他想告诉她他不只是想爬进一间黑暗的汽车旅馆房间里，而且真的想死在里面。但这么说太过分，太残忍了。这不是她想听到的话，当然也不是他想说的话。不，他现在还活着，而且想和她在一起。很显然她也想和他在一起。那么还有什么问题呢？他会在这里待上一段时间，然后当情况变得很糟时，他就搬到酒店去。到时候她八成很高兴能摆脱他。所以他改为说："你绝不可以因为我喝酒和我吵。"

"我理解。"她点了点头说，"我真的理解。"现在她笑了，"我想自己去采购一下。你出去喝几杯再把你的东西拿来吧。不用急，我会在你之前回来给你开门的。我会去给你配一把钥匙。"

在跨越了这道障碍后，莎拉从床上跳起来，以毫不典型的生气朝他扑去，给了他一个以多年没动用过的情感为燃料的炽热拥抱。她也被自己的热情吓到了。在她的视野被他的脸填满之后，房间幸福地暗了下来。然后她毫无数算地吻他，从他的脸颊吻到下巴再吻到眼睛，反复不断：好多个快吻，每个都是货真价实的私有财产。

* * *

班恩最后一次站在全年旅店里，因为冲了个澡而神清气爽。他换上刚送洗过的黑色西装和无领的白色帕森T恤（稍微有点脏但没什么味道），感觉很精神，只是走路还是有点不稳。下定决心总是能让他宽心，而且这一次他越想越觉得满意。莎拉的情感爆发说服了他，让他觉得他说了正确的话，踏出了正确的一步。

他从杂乱分布房间各处的一瓶瓶酒中，挑出满的或是比较满的，装进行李箱。他把所有所剩无几的酒瓶中的酒倒成一杯（这样的酒不多，因为他通常会把一瓶酒喝光），样子有点像"长岛冰茶"。更像"长三英里的长岛冰茶"，他想。他不停地在房间里转圈，直到把所有的酒瓶都收拾好（有一瓶放进了西装口袋），而行李箱也装满了。这时他才想起忘了装堆在床上的衣服和其他物品。他不禁皱起了眉头。他的行李已经超负荷了，但他又不愿把带有这么多个人信息的东西留给陌生人处理，所以备感泄气。不过，他忽然意识到这是一个大好良机，于是把房间里几个废纸篓里的垃圾袋全抽了出来，把他的衣服、所有从洛杉矶带来的东西、所有不是酒的东西都装了进去。然后他把这些袋子绑上，带到汽车旅馆后头的垃圾车，把它们扔出了他的人生。回到房间后，他觉得自己的主意真是太棒了。现在，他省去了大举搬入的尴尬：他可以直接走进她的公寓去。而且，假使他最后去不成酒店的话，她也省去了清理大量垃圾的麻烦。他们稍后可以开心地去买条牛仔裤和几件 T 恤。也许他还会再买两打内裤和短袜，这样穿过就不用再洗了，每天只要扔了旧的改穿新的就行：这是行将就木之人的特权之一。他把钱紧紧地塞到上衣口袋的深处，叫了辆出租车，喝光了杯里的酒，稍稍有点吃力地拎起行李箱，叮叮当当快乐地走出了房间[1]。

* * *

"就这么多了吗？"化着精致妆容的女售货员问道。她看起来差不多有十九岁，经常在莎拉有一次误入的化妆品消费

---

[1] "叮叮当当"是酒瓶在行李箱中的碰撞声。

177

网站上出现。

"对，"莎拉回答说，"我今天就要这么多。你能帮我包装起来吗？"

"礼物包装在二楼。"女销售员说。她狡猾地微笑，既为这句话中的浪漫暗示得意①，也很高兴把包装的工作转嫁给楼上的人。

莎拉早上提出为数不少的存款，用一小部分买了两份礼物（其余大部分是打算稍后用来安抚艾尔），然后朝自动扶梯走去。因为不确定其中的道德含义，她曾对是否买那个银扁酒壶犹豫了一下，但那只是片刻的犹豫。走过广告荧幕后，她挑了一个装饰华丽的半品脱扁酒壶。这个自然之选的讨人喜欢的单纯性和高发展程度的纯净性令她进入一种知识分子心绪，让她的成熟性可以评估迅速迷恋的流畅的正确性。砰！砰！动机就是信息。她去了视线内最吵的衬衫区，挑了一件亮粉色和绿色两色的丛林图案衬衫。这衬衫大件、泡泡袖、宽松和显眼，她之所以选这一件，是想和他看来非常爱穿的黑色西装形成对比。就像女人都会做的那样，她选择这件衣服是要把自己的名字写在他的胸口上。

但对她来说，这只是表示支持的声明，不是代表拥有的公告。她品味买礼物这种平凡行为的美妙滋味。拿着衬衫和

---

① "礼物包装在二楼"的原文似乎也有"礼物包住两个人"之意。

178

扁酒壶去做五块钱的礼物包装时，她重新发现了自己女性的一面，觉得既不需要把这一面小心翼翼地隐藏起来，也不需要投以初步的不信任。她觉得自己像一个女朋友。

站在艾尔房门外的感觉难以言表，她上次来这里几乎是整整四天前了。那辆停在楼下的黄色"奔驰"就像一个警告标志，并没有逸出她的注意。她先前故意要出租车往酒店后头的停车场开一圈，惊讶地发现那辆车在她上次看到它之后就没有开动过。她深吸了一口气，噘起双唇均匀地吐气，然后轻敲在门上。

门一下子就打开，让她猝不及防，头脑有瞬间一片空白。艾尔穿戴整齐地站在她面前，看来曾不止一次和衣而睡。

"我一直在等。我等是因为我知道你会来。"他说。然后，他在房间里两张白色藤椅的其中一张坐下，说道："莎拉。"他的语气更像是要发表声明而不是称呼她。

她小心翼翼地带着一种执拗的敬意观察着他。他的声音绝对不带任何情绪，她从没听过有人这样说话。房间里的气氛凝重而阴郁，鸦雀无声了很长时间。

"我给你带来了一些钱。"她说，措辞在她听起来陈腐和可怜兮兮。

他用凹陷的双眼看着她。他从椅子里仰头看着她。她依旧站着，而他看她的眼神就像是他被挖空了。

"我必须离开拉斯维加斯。你现在来了，我就可以走了。"他说，"但我一直在等你。"他的语气里带着一丝走投无路的味道，"要始终记得我一直在等你。"

她注意到另一张藤椅已经垮掉了，她猜这是因为椅子无法承受他的重量。她准备要展开她练习了一早上的演讲：我再也不能来这里了，艾尔。再也不能了。我再不会为你接客了。我们的过去再也不能重演了。不要再来我家。不要给我打电话。我会不惜采取一切方法。我会去警察局。我会自首……我不在乎。你想的话可以现在就杀了我，但等我离开了这个房间，你就再也别想触碰得着我。

但她却说："再见，艾尔，去别的地方试着过得好点吧。往事都过去了。"她俯身吻他的前额，把装着钱的信封塞到他的大腿里，然后离开了他的房间。

十分钟后，艾尔也离开了房间。他把戒指和金项链留在了梳妆台上，作为给服务生的小费。

但他带着他的衣服，当"奔驰"大发慈悲终于发动起来时，他的衣服都在后备厢里。他开得很快，但不是特别快。他与一个漠不关心的州警擦肩而过，后来又掠过亨德森、胡佛大坝、九十三号国道，以及金曼市，一路未停。

* * *

"我们不晓得要不要叫警察。"莎拉的邻居对她说。他刚开门走出来，显然一直在等她回来。因为不确定这位安静美丽的邻家女孩怎样看待自己突如其来的多管闲事，他说话很谨慎，指出班恩蜷曲在莎拉门口打呼，手里还握着一瓶一品脱的波本酒。"他已经待了差不多半小时。我太太说她看到过你们在一起，所以我决定等你回来再说。"他曾从窗户留意过莎拉回来，总是能觉察到她的接近。

"谢谢你，他是我的朋友，我猜他只是有点喝多了。"莎拉不自然地笑着说，"我会扶他进去的，谢谢你的关心，麻烦你了。"她点了点头，然后是片刻的尴尬。

那个男人转身往自己家走回去。"好吧，有需要帮忙的话就叫我。"他殷勤地为将来做着铺垫。

她放下礼物包，打开房门，然后跪在班恩旁边。"你能醒醒吗？"她轻轻摇了摇他。

他睁开双眼看了看她，又环顾四周。"嗨。"他笑了笑说，好像刚从一场周日下午的午睡中醒来一样。

她受到感染，也发挥从来离她不远的幽默感。"你是个非常重隐私的人，对不对？"她说，"进去坐好吗？你的这些东西我来拿。我买了一些给你的礼物，你来拆吧。"

"好的，我猜到了。"他说，试着站起来，站到一半又失去了平衡，抓住门柱才免于摔倒，"我要坐到沙发上去。"他抓起行李箱，在叮叮当当的瓶子碰撞声中把它拉进了房子里。"想喝一杯吗？"他喊道，"睡得好饱的一觉。今晚想出去吗？"

莎拉之前从没有近距离目睹过一个长期酒鬼日复一日醉又醒、醒又醉的生活，为此感到不可思议和印象深刻。她一直预期他最终会像这一次一样倒下，但没有想过那只会持续半小时。她捡起礼物包，走进公寓，关上身后的门。

"说真的，"她说，看到他在厨房倒了两杯酒，"我想在这里保持低调。你下次要倒下最好是倒在门里面。"

"哦，我本来都总是倒在门里面。别担心。很抱歉，但我回来得太早了，门锁着。"

"当然。"她说，一面说他常说的这两个字一面伸手到钱包里掏东西，"一号礼物。"她拿出新配的钥匙给他。

他接过钥匙，走到门前试用，成功地打开了门锁。"就像我们今天下午说好的那样。"他说，说着把钥匙扔进西装口袋里，"我以前总是带很多把钥匙，但它们一把接一把成为大减缩的受害者。现在我只有这把钥匙了。"

看起来他还要继续说下去，所以她看着他，等着听他说下去。但很快就变得明显的是，他已经走了神，只是盯着地板在看。

"班恩。"她走到他旁边，把手放在他的手臂上。

他抬起头来。"对不起。"他说，眼睛重又明亮起来。他回来了。"还有礼物吗？"他转过身，拿起她的杯子大步走进起居室。

她若有所思地在后面看着他，好奇他有多少精力，又设法集结自己的精力。她会用得着自己新发现的精力的，各种各样的精力。

她走进起居室，见他坐在沙发里。她把两包礼物放在他面前的茶几上。

"我希望你让我付这个月的房租。我在这里，我已经走到这一步了。这样对我来说比较好……好吗？"他说，就像如果这个问题没有解决，他就无法继续说下去。

"好。"她说，"不过这个和我接下来要说的没有什么关系。我打算出去接点小活儿干——十之八九是明天晚上。"她试图让自己的声音听起来很坚决。虽然他在她的工作上从来没让她感到过不舒服，但她还是不确定他对这会作何反应。

"你跟人约好了吗？"他问道，然后疑惑地抬头看着她，"你晓得，我从来没有认真问过你工作上的事情。你有常客吗？"

"没有。"她说，看到他不当一回事的样子感到松一口气，"没有，我只是在街上和酒吧拉客。也许有那么一两个家伙凑巧叫过我两次，但我从来不跟人预约。"她毫无必要地补充说，"以前有个人帮我拉皮条。很久以前的事了，那时我还在洛杉矶。"

他们同时沉默下来。

然后他开口说："莎拉，我希望你能明白我对这件事的感受。首先，我欢迎你用我的钱。我们可以先买几箱酒，然后其余的你拿去用。但我不觉得你是在谈钱的事。我觉得你是在谈你自己。我现在就来告诉你，我爱上了你，尽管如此，我来这里可不是为了把我扭曲的生活强加在你的灵魂上。我来这里不是为了要求得到你的所有关注，乃至让你脱离你本来的生活。你我都知道我是个酒鬼。那是我们在这里的生活的一部分，而你不以为意。同样地，你我都知道你是妓女，所以如果你决定去接客，不管你的动机是什么，那都是你的事。我不认为如果我说，你做这一行做了很久并安之若素，是过度的推测。你和那些被迫在好莱坞街头卖春的十五岁少女是完全不一样的。我希望你明白，我对这种事是完全不介意的。你对我来说不是怪胎，事实上，我觉得我们很相似。请不要以为我看起来漠不关心就代表我真的不在乎。我是在乎的。那只是表示，我信任和接受你的判断、你的意愿。我正在说的是：我希望你明白我能理解。"

他的演讲让她感动，她非常喜欢，并惊讶于他酒醒后不到几分钟便能够说出这么掷地有声的话。她说："谢谢你，我明白。真的。我之前很担心我们的事情会怎样发展，现在不担心了。另外，你应该知道，你付的房租奉送吹喇叭服务。"

"对，"他若有所思地说道，顺着她的笑话想到了一个新话题，"我想我们迟早应该上床的。"

"不管那意味着什么。"她说，"现在拆礼物吧。"

但他还没说完。他向后靠去，继续说道："有一次我在妓院被痛扁了一顿。这事和我们正在说的没有什么关系，只是某种原因让我记了起来。我当时人在纽约市，大概十五岁。我的家人去了康涅狄格州探亲戚，我和叔叔坐火车进城。他去上班，所以我难得可以一整天在纽约市四处逛。自始至终我都想着要召妓。那时我还是处男，但这不是重点，因为不管我是不是处男我都会有一样的打算。然后，我在时代广场拿到一张小广告单，上面宣传的就是我要找的地方，于是我就按照地址找了过去。当然，那时我并不知道召妓是什么召法，所以当我在门口高高兴兴地掏出了几乎所有钱（也许有二十块），我还以为我已经付了所有的费用。但和一个姑娘进房间后，她跟我解释小费要怎么给，我才意识到我不仅打不成炮，还扔了二十块——对当时的我来说是相当大的一笔钱。我不到五分钟便走出房间，出来后试图要回我的二十块钱。甚至那个姑娘也出来帮我说话，但我看得出来她知道希望渺茫。毕竟这些家伙可不是在经营非牟利事业。所以他们就给我上了一课。柜台后面的家伙抓住我的衣领，把我拖到门口——那家店在一道楼梯的顶端，很小间，犹如一个在二楼的洞窟。他在门口和我说再见，放开了我的衣领。但我被自己做的蠢事气疯了，所以再跑回柜台想要回我的钱。是很蠢，但我就是这么干的。他用一只手把我揪在离他一臂远的地方，用另一只手反复扇我耳光。我最后昏了过去。醒来时，我发现自己人在楼梯底下，脸上灼痛。我很确定我是被扛下楼梯的，因为他不可能敢冒险推我。不管怎样，他知道分寸，因为我只有鼻子流血。最搞笑的是我恨不得再上去，但不是为了要回我的钱，而是想学那些家伙懂得的知识。我想当个小混混之类的。我知道那个肮脏的地方有一个我永远够不着的经验世界，这让我很恼火，很嫉妒。

"现在我柔软多了。我对它的一切已经了解得够多了。去年春天，我恰好路过我光顾过的一家洛杉矶妓院。海上飘来了凉风，我透过窗户看到了一个女人光着的腿。她一定是刚接完客，正在放松一下。那一刻我很有感觉，于是在人行道上停下脚步，尽管我还有事要做，而且已经迟到了。当时我想起自己还是个小男孩的时候被母亲逼着在烈日下玩耍的事。我家凉快、遮阴良好又舒服，但母亲认为夏天白昼待在屋子里对我来说很不健康。我乐于不声不响，在屋子里能待多久是多久，但她最后总会听到其他孩子的叫嚷声和玩耍声。那是最后一根稻草，我发现自己被赶到了后院，只能恋恋地回望上了锁的纱门。那天我在窗外看着妓女的一条腿时，被勾起的正是这种感觉。树木在微风中沙沙作响，我重新向前走去。在那一刻我非常强烈地感觉到，我属于那家妓院。我提这个是为了给另一个故事作收场白。当时我走了首尾相接的一圈。"他觉得自己说得太多，有点不好意思，"我最好还是拆礼物吧。"他说。

"那家妓院在哪儿？我是说洛杉矶的那家。"她问。他告诉了她地址，是她听说过的一家妓院。艾尔后期的一个姑娘早先在那家做过：事实上，她声称自己在很多家妓院做过，有些压力非常大，有些已经关门。莎拉好奇班恩是否上过那姑娘。"先拆这个。"她把两包礼物中较大的一包递给他。

班恩不情愿地接过礼物包，拆了开来。他在收到礼物的时候总是不舒服，或者更精确地说，每逢有充分证据显示有人想送他什么的时候，他总是不舒服。

"很不错。"他把颜色明亮的T恤在胸前比了比，真心感到高兴，"这件应该和我的西装很搭。"事实上，它看起来确实和他正在穿着的黑色西装互补，"你知道的，这西装是我从汽车旅馆带走的唯一一件衣服。T恤是个很好的开始，但我想我们还可以再去买些什么，一定会很好玩。"

"当然了。"她说，想了想他说的话，"我之前没想到，不过你的行李箱肯定整个用来装酒了吧。你不会愿意把酒留下的。但你的衣服呢？它们去哪儿啦？……你把它们扔了，对吧？"

"挺好的，"他说，觉得她的思考方式很好玩，"和一个酒徒一起生活，养成自问自答的习惯很不错。我把衣服扔进汽车旅馆后面的垃圾车去了。但现在你提起，我又觉得好像有点浪费。我应该把它们送到慈善站或是留在街上给流浪汉穿的。不管怎样，它们已经走了。我觉得这是某种意义上的净化。除了我现在身上穿的和那个行李箱以外，我已别无从洛杉矶带来的东西了。我感觉轻松多了。对我来说，到你家来找你是一个好方法。"

"说得好。"她说，话里毫无讽刺之意，"继续喝吧，班恩，酒让你说话有趣。"然后她面带微笑地说，"它们肯定是从一百零一度标准酒精度的呼吸和偶尔分泌的口水中间滑出来的。现在拆开这个看看。"她把第二包礼物递给他，然后向后靠，看他的反应。

他拆开包装看到扁酒壶后说："哇，看来我是得遇良人了。"他把扁酒壶放在手里转动，一面构思措辞。"我不得不说，你居然会买这个给我，让我刮目相看。我知道这不是未经思考的。有意思的是，你怎么会买了我以前想买的东西。"他把酒壶试放进西装口袋里，发现大小合适，便满意地走去厨房装酒。

"今晚想去赌一把吗？"她向着他背后高声问道，"我们可以去玩几个小时。"

回到起居室后，他把新的扁酒壶从西装口袋拿出来，喝了一口，向她证明它多么有用。然后他把酒壶放回口袋，咂了咂嘴，用手掌拍了拍胸。

"我本来没打算赌太多，但如果你能帮我保管钱的话，我猜我可以安全地挥霍掉两三百块钱。"他拿出卷起来的一摞钱，从中抽出两张百元大钞，接着又抽出了一张，把这三张钞票放进口袋后，将剩余的递给莎拉。"给你钱让我觉得想要射精。"他说。

她不确定该怎么想，但还是接过了钱。"那就射吧。我要去换衣服了，看电视吧，我半个小时内就弄好。"她走进了卧室。

他自顾自笑起来，觉得她对他的蠢话感到轻微的不舒服。或者说也许她声音中的尖刻其实是一种邀请他上床的表现。这真是一个叫人害怕的想法，因为他深深怀疑自己激情洋溢地做爱的能力已经被酒精和身体衰弱冲垮了。他花了太多时间盯着酒吧另一边的镜子看，里面出现的是一个散发着臭味、全身浮肿、精疲力竭、病恹恹和自我放纵的男人——不是那种可以挑逗起女人肉欲，当然也不是那种可以满足这种肉欲的男人。他听着莎拉在卧室里走动的声音，想着自己无数的缺陷。它们会成为她墙上的涂鸦，在他们将做爱变成习惯后变得更大和更有侵入性。他喝得越多，会越不济事。等她意识到夜晚的性爱已经结束的时候，他十之八九已经死了好久了。

十五分钟后她从卧室出来。"我准备好了。"她穿着一件浅绿色的夏季连衣裙，非常高雅。她的头发披散着，戴的两只耳环不成对但很搭。

"我喜欢你的耳环。"他说。他已经把新 T 恤穿到身上，外面罩着他的黑西装。他那胡子拉碴的脸让他看起来像个退休毒贩——如果有这种毒贩的话。他看起来还不错，但有点跟跟跄跄。其实他已经完全跟跟跄跄了：为了能够充满能量地进行今晚的活动，他已经干掉了他的扁酒壶装满的第一壶酒。"我喜欢戴不成对耳环的女人。"

"好吧，那么希望我们今晚不会遇到这种女人。在我这儿我还是期待某种的忠诚。不能因为我为了钱跟别人上床就让你有理由开始泡别的女人，让我看起来像个傻瓜。"她的眼神坚定，看似是在否决位于它们下方的笑容。一个有技巧的笑话实际上就是一条真正的法律：这是道地的交流，是一个女人最厉害的手腕。

"我的眼里只有你……而且你我都知道你永远不可能爱上嫖客的。"他边说边站了起来。

她跟着他走进厨房。他把扁酒壶装满，她则打电话叫了辆车。关上灯，他们走到马路边等出租车。车几分钟后就来到把他们接走。

他们朝赌城大道飞奔而去，不一会儿就穿过人群，走到了一家喧嚣的酒店赌场里。赌厅里烟雾缭绕，让班恩的深层知觉能力有所下降，所以他只看到一些压缩的蒙太奇，这些蒙太奇混合了撒满各色筹码的绿毡布、托盘上装着冰块的酒杯、包裹着肥屁股的裤子、包裹着大奶子的胸罩，还有人类物种现阶段演化所能看到的最多的乳沟。鸡尾酒女侍应和基诺游戏女郎穿着半遮半掩的制服卖弄风情，以跑出来的一小撮阴毛和勉强遮住的乳头挑逗他的眼睛。来度假的乡巴佬儿们穿着运动T恤，脖子上戴着粗大的金链子。他们被赌场的场面吓得半死，却假装气势凌人，从八字胡后面怒目而视。监场①穿着西装，装出一副自己很有用处的样子。因兴高采烈或极其苦恼——即因赢钱或输钱——而发出的吼叫声此起彼落。天花板放射出点点光芒，假装对不那么隐秘地挂在它上面的摄像镜头一无所知。保安人员如蟑螂般在单面镜后面的狭小通道里爬行。铬合金的半球体不知疲倦地扫视着整间赌厅，把景象飞快地传给自己：以辐射能量子的速度传送，赌局的结果在任何人看到证据之前便已尘埃落定。

班恩吸收包围他四周的丰沛能量，将其像兴奋剂一样加以运用。现在他是一个人体蓄电池，希望稍后能骗自己喝更多的酒。他粗暴地把莎拉压在一台角子老虎机上，深深地吻她。她的第一反应是反抗，然后作为一种自我保护的手段，她屈服了。最后，被她屁股撞掉的硬币的声响提醒，她想起这个男人没什么可让她怕的，然后便以天性中的热情回应他的吻。他舔舔她的脸，然后抽开身体。带着长期醉酒的人偶尔会有的灵敏，他弯下腰一口气捡起散落一地的所有硬币，还给看得津津有味的角子老虎机玩家，后者随即重新投入原来的消遣中。班恩抓住莎拉的手臂，以健康的小跑带着她朝

———————————————
① 负责在赌场内监督的主管人员。

酒吧跑去。她跟上他的脚步，对他的体能的迅速改善感到高兴，心里承认这个酒鬼具备戏剧性的吸引力。她的人生难得有什么娱乐，所以她喜欢他的搞怪。不管怎么样，他需要她，就因为这一点，她爱他。

＊　　＊　　＊

一架空军喷气机飞过沙漠上空的巨大声响让班恩的记忆重新恢复运作。从他位于莎拉家起居室地板的制高点，他可以透过窗户顶端看到外面还是漆黑一片，但很快就要亮了。他感觉身体没有酒瘾症状，所以知道自己也就躺了几个小时而已。尽管如此，他第一个举动还是朝他意识到是放在厨桌上的伏特加酒瓶移动。一开始他手脚并用地爬行，渐渐佝偻着身体站了起来。在厨房，他把八盎司的伏特加和两盎司的橘子汽水倒进了一个很脏的大玻璃杯里。不到一分钟，他就把温热的混合物喝光，然后站在洗涤盘旁等着看他的胃能不能接受这剂液体。看到自己能够承受，他感到满意，并立刻觉得自己的精神昂扬起来。他蹑手蹑脚走进莎拉的卧室，在她旁边躺下来，压在她盖的被子上。

她转过头睁开双眼看他。"你还好吗？"她问道。

"很好……呃，我从没想过还需要别人帮我这个忙，但你能告诉我昨晚发生了什么事吗？我走到赌场的时候就断片了。什么都不记得了。"虽然他通过策划自己的死亡而获得

192

了强烈的独立，但还是忍不住感觉到他以前向妻子问相似问题时所感觉到的罪恶感。那时他对她的回答真的非常感兴趣，但从很久以前起就厌烦了这些描述。现在倒不是他有多关心昨晚到底发生了什么，而是他需要知道莎拉对他所做的事是什么感觉，对他有什么感觉。

"不算太坏，我猜我已经做好事情会更糟的心理准备了。我们坐在吧台边上聊着二十一点。你看起来还不错——只是比平时稍微更醉一点，不过没什么奇怪的举止。然后我发现你的头开始耷拉下来，于是我就把手放了你的肩膀上。岂料嘭一声你突然朝我挥舞手臂，又向后一纵，从旋转凳上跌下，撞到了一位鸡尾酒女侍应。她当时托着一盘子的酒杯，所以搞得一片狼藉。你一直在喊他妈的！一直喊一直喊，非常大声。我设法让你住嘴并帮你站起来，但你一直朝我挥舞手臂——但看起来不像是要打我，而是要赶我走。然后保安来了，你一看到他们就不叫了。他们也不确定该如何是好，说要把你扛到外面扔到大街上，但却没有任何行动。大概就是吓唬你一下而已。事情渐渐平息下来，我就跟他们说我会扶你出去。"

"你跟他们怎么说的？"

她面无表情地看着他说："我说你是个酒鬼，我会带你回家。我还承诺说你不会再去那里。"

他点了点头，因为不知该作何反应，只好笑了笑。"之后又发生了什么？"

"你的表现还算正常，所以我们就走了大概一条街，然后你说你想回家打炮，但我想就连你自己都知道这是不可能发生的。我们叫了辆出租车。你中途要车子在一家酒铺前面停下来，不管我怎样说家里还有很多酒都没用。哦，对了，我差点忘了！你在酒铺买了两瓶伏特加。一共只需要二十多块钱，你却给了卖酒的孩子一张百元钞票，还说不用找了。我问你知不知道那是张一百块的钞票，你说你知道，所以我就没有过问。不管怎样，我们回家之后你要我陪你喝酒，但不到十分钟你就躺在地板上睡着了。我给你盖上被子，然后上床睡去。"

"我提醒过你的。对不起。"他真诚地说。

"我知道这不该是我接受的事，但我接受了。别要我解释。也许我正在做的不是我该做的，但我认为我正在做的是你需要我做的事情。我感觉得出来你的麻烦很大，我为你感到害怕。但在赌场跌倒只是小事一桩，对我没造成什么困扰，对我们也没什么影响。"

"太让人惊讶了。"他说，深感动容，"你是谁？是某个从我一个酩酊幻想中跑出来看我的天使吗？你怎么会这么老？"

她在枕头上扭过头去，对着墙说："我不知道你在说什么。我只是在利用你。我需要你。我们能别再谈这件事吗？

求你了，一个字都别提了，好吗？"

他心不在焉地抚摸着她的后背，回味着这件事情，陷入沉思中。当酒精大量流入血液中后，他感觉自己慢慢平静下来。"你何不再睡会儿？我去给你买早餐。"

"小心点。"她说道。

"别担心。"他站起来，走向门口。

她朝他背后高声说："班恩，我今晚要出去接活儿。"

"我知道。"他走到厨房洗了把脸，又喝了一大杯伏特加。

去超市中途的第一站是一家小型的赌场兼餐馆兼酒吧——超市就在附近，但还没开门；酒吧不在附近，但二十四小时营业。他付了出租车钱，进入楼内，穿过一扇玻璃门和挂在门后面的破烂红丝绒帘子。这家酒吧又脏又暗，但马上让人觉得熟悉，正是他心目中的理想去处。这地方比它的不少常客活得还久。一个男人睡在一头，脸泡在一摊溢出的啤酒里面。一个穿热裤的中年女人独自一人在自动点唱机旁跳舞。班恩在铬合金凳脚和黑塑胶凳面的椅子上坐下。他背后是等着人来玩的八台角子老虎机、两张等着揭开盖布的二十一点赌桌和等着任何客人点餐的早班厨师。酒保向班恩道早安，把一张酒杯杯垫啪一声放在他前面。他要了一杯啤酒和一杯双份的神风酒，酒保点了点头。酒吧后头的一张桌子处，一对摩托车情侣正在含混不清和不讲逻辑地吵着架。挂在众多酒瓶上方的电视正无声地播着《早安赌城》。

他的计划——他来这里的原因——是让莎拉安心一些。他会先在酒吧里让自己喝到清醒为止，从神风酒开始喝再换"血腥玛丽"。下一步他会试着吃点苏打饼干，而如果没事的话，他就可以试着吃个鸡蛋再吃点烤面包，以此为即将到来的不舒服感觉做好准备。然后他会带着从超市买的东西回家，给他们两人做早餐。想在每个新的一天里保持完全的平衡越来越困难，但如果他能把前期工作都做好，就应该能在她面前吃一顿真正的早餐——他的第二顿早餐。这是她没见过的把戏。事实上，从他们在一起开始，她就没见他吃过一口饭。所以这样做应该能冲淡她对他的身体状况的担心。

喝了十五分钟神风酒之后，摩托车情侣中女的那位向他走来。他身上还是穿着黑色西装和莎拉买给他的衬衫。

"亲爱的，你穿戴得好整齐啊。你看起来相当不赖。"她说，把脸颊靠在他手臂上。她仰头看他，用舌头舔嘴唇。"我今天的约会太无聊了。你愿意给我买杯酒吗？"

他备感为难，看了看她在酒吧另一边的男朋友。那个男人身材高大，喝得醉醺醺，而且八成头脑简单。班恩没有按照自己的理智行事，而像是觉得没其他办法的样子，大声问道："介意我请她喝一杯吗？"

"去你妈的，我管你他妈的和她干什么。"摩托车男回答说，怒目而视。

"也许我可以请你们一人各一杯？"班恩试探地问道。

"去你妈的，别他妈的招惹我，狗娘养的。滚开，别招惹我。去请吧，她等着喝呢。"他站了起来，走到角子老虎机前面投入一枚硬币，眼睛一刻也没离开过班恩和那个女孩。

"你看到他有多混蛋了吧。"女孩说道，"我要一杯加可乐的朗姆酒。"她说，展现出她最甜美的笑容。

他点了酒，女孩又朝他凑过去，把手放在了他的裆部。

"我能和你一起住一段时间吗？"她问道。

"你是说搬来和我一起住吗？这也太突然了吧？"他顺着他的话说。

但她觉得她是认真的，至少当下是这么认为。"拜托嘛，我没什么行李。"

"我觉得我妻子不会太喜欢的。"他说，马上对自己这个顺口开河的谎言感到得意。他看了看还在盯着他们看的她的朋友，觉得自己就像是站在了深渊边缘。

"这个嘛，"她用鼻子摩挲他的耳朵，用嘴巴吮吸他的耳垂，"我们也许可以只是去找个房间干一整天。你不会对太太说的吧？"

班恩低头看向她写着"操我"二字的眼睛，估量着她。显然，她这么做是为了气她的男朋友——摩托车男还埋伏在他们后面。但这并不是全部。他可以看出这是她乐于享受的事情，也就是说如果他要和她出去的话，她本人会很愿意，而且还期待着晚上见到她男朋友之后要挨的那顿揍。

他想起莎拉和她对他有多好。他无法想象他会愿意和其他女人待在一起。

突然，摩托车男扔下手上的啤酒罐，大步从酒吧后头走了过来。"现在听好了，狗娘养的。"他大声说，一面抓住班恩的肩膀让他连同旋转凳转了一圈，"我坐在这里不是为了看她舔你的耳朵。听着，我知道是她先来找你的——她经常这么做——所以我会假装你什么都不知道，给你一个机会。现在离开这个地方，马上！"他近距离狠狠地盯着班恩看，醉醺醺的眼睛里充满愤怒和苦痛。

班恩必须承认摩托车男的态度让他动容。他没想到这个男人能有如此理智的自制力。

他挣脱对方的手，说道："对不起，但我和她已经决定了要共处几小时。"

不会打架的班恩对第一拳打来的速度备感惊讶。这一拳一下子就打到他的下颌上，让他和他的凳子都倒在了肮脏的地板上。头刚一撞到瓷砖，他就又被拉了起来，一个拳头擦过他的脸颊，击中他的鼻子，瞬间鲜血喷到了眼睛里。他再次倒在了地板上，挣扎着想要保持清醒，同时听着摩托车情侣的脚步声在门外消失。

这时酒保拿着块湿毛巾走到他身旁。酒保经常见到这种场面，不会手足无措。"你真是个战士。"他说，声音中带着一种友好的讥讽。他扶班恩站了起来，给他擦了擦脸，然后回到吧台后面，又弄湿一块毛巾，重新调了杯神风。"这杯算我的，不过喝完我就得请你走了。这在你的情况可能不合理，但只要有人打架，我们一律这样要求。男厕所在后面。"他重新洗起杯子来。

喝完酒整理一番之后，班恩打车去了超市，带着一大袋子东西回家。他依旧下决心要在莎拉面前吃自己能吃的东西。回家后，他看到莎拉正坐在沙发上阅读。

"我回来了。"他把袋子放在厨房，走过去亲了亲她。

"哦，不！"看到他的脸，她扔下她的书喊道，"我靠，班恩，看看你的脸。你打架了。我还以为你不会打架呢。见鬼，你觉得怎么样？"还没等他回答，她就跑进浴室，拿来了毛巾、纸巾和看起来装着药的瓶子回来。因为稍微镇定了下来，加上看到他微笑，她问道："发生了什么事？一般被抢的人不会这么高兴地走来走去。当然我知道你会先去酒吧的。你是对什么蠢人说了什么蠢话吗？"她切换到了护士模式，在他的脸上工作起来。

"完全没有。"他说，"我只是捍卫某位可怜的任性小姐的尊严。"

她没有去解读这个说法，不加评论地便将它吞了下去。她给一处伤口轻轻涂上红药水，然后说："你还是去浴室洗洗吧。淋个浴再换件 T 恤。我来做早餐，然后我们再出门给你买几件衣服。我觉得你这件西装有点不吉利。"她开玩笑地将一块湿布扔向他，然后端详了他一下，又在他额头上亲了亲。他看着她摇着头走开。

他站在浴室的镜子前，看着有些歪了的鼻子、瘀青、肿胀、被打伤的脸颊，还有肿了的眼睛。他用手指摸到了后脑勺上的肿包，疼得他眉头一皱。他转着圈哈哈大笑起来，喝了口刚调好的酒，然后开始淋浴。

一天继续运转，而班恩一路下来都非常兴奋，非常高兴。他没有多想原因，只知道自己快乐得一塌糊涂，而且至少在接下来几小时都会继续快乐。所以，为了过一个安然无事的下午，他在他们短暂的购物之旅中卖力地用接受礼物来逗莎拉开心，又把喝酒的时间点抓得更加谨慎。一开始，他决定无论她给他选什么样的款式他都会接受，但在店里他又变得有点保守，最后买了一条黑色牛仔裤，还有两件白色的礼服衬衫。作为妥协，他挑了一些颜色和款式都匪夷所思的袜子。

"很有创意。"她说，"现在我们再给你来个黑领结吧，这样你看起来就像赌场的荷官。"

"不，"他说，"荷官戴黑领结是奉命行事，我戴是因为我想戴。那会让我看起来与众不同。"

他们坐在购物中心一间不那么惹人厌的餐馆里，看着这一天的购买成果。对莎拉来说，这是个真的很好玩的下午。虽然班恩脸上的伤痕让她深感不安，几乎就像不祥之兆那样挥之不去，但她愿意假装她的焦虑主要是她最近被打那件事所导致——她对它记忆犹新。她对他伪装出来的正常感到惊奇。他居然能这么兴奋这么高兴，居然能忽视看似就笼罩在他头上的阴云。他喝了非常多的酒却浑若无事，对稍后的明显惩罚①也不予理会。她将龙舌兰一饮而尽，被他的妙语逗得哈哈笑，又将手伸过桌子，接受他递给她的小盒子。

"你整天都跟在我附近，"他说，"我没有时间去包装这个，所以你必须将就接受，宝贝。"他本来想低声轻笑一下，却突然咳嗽起来，紧接着感到一阵恶心，花了一些力气才压抑下来。他把剩下的酒喝了下去，又叫了一杯酒，然后马上试图若无其事地继续说话，就好像什么都没发生一样。"我想你会发现这个很容易打开。"

她在他的催促下啪的一声打开了盒子，里面是一对镶着黑色玛瑙的铂金耳环。

"你喜欢的颜色。"她说，但显然很开心。

"我觉得你应该一次戴一只——这两只中的一只，然后另一只耳朵戴其他的耳环。事实上我本来只想买一只的，但我觉得它不会飞……我的意思是不像礼物。"他新点的酒来了，他喝了一大口，然后又是一大口。

"我今晚就戴它们。我今晚就戴其中一只。"她说。一开

---

① 指后面提到的咳嗽和恶心等。

始她觉得她可能说了蠢话，因为她今晚准备要出去接客。然后她想起上次讨论这个话题时得到的是让人舒心的结论，于是感到释然。

但班恩这时却陷入了任何酒鬼常见的一种失态，也就是心里想的是一个意思，说出来的话又是另一个意思，而且是很糟糕的意思，话一出口便会让自己愣住。

"对，"他看着他又空了的酒杯说，"当某个仁兄在豪宅床上把你的脸按压在一个枕头上时，你就会感觉耳朵下面又扎又热。"他想让自己看起来沮丧，却被自己的话吓到了。他意识到她不该被这样羞辱，又对自己描述的画面感到心惊。因为无法忍受她的注视，他站起来，快步走开。

"班恩，等等！"她朝他背后喊道，一面摸索钱包，想要掏钱付账，"求你了，等等我。"

班恩去到门口时，一个大块头黑人挡住他的路，用手按着他的肩膀说："也许你应该等她的。"

"为什么？"班恩说，试图挣脱对方的手但没有成功。

那个男人顿了顿，好像在寻找能让班恩理解的词语。"因为，"他说，"你从她的声音听得出来，她真的想你等她。"

等莎拉过来之后，那个男人放开班恩，站到了一边。班恩从莎拉那里拿过大包小包，两人一起走出了购物中心。

"你刚才的话是什么意思？我一点都不理解。"她说。

"我们能忘了它吗？"他哀求说，"我们能不能忽略它？"

购物中心的广播在他们头上喋喋不休地鬼扯。班恩回头看了看餐馆里管闲事的那个人，见他走进了男厕所。

"好，"莎拉说，"我会忽略它的。"她的确这么做了。

那晚，班恩在寂静的厨房里喝着波本，等着轮到去唯一的浴室淋浴。莎拉淋浴后回到卧室，进入了暂时的独处时光，为到拉斯维加斯的街上、酒吧和酒店作准备。在镜子前面，她发现每个熟悉的动作都有了轻微的改变，都有了新的光芒，新的意义。这将是第一次她去工作的时候有个男人在家里等她，虽然她发现自己非常被他吸引，但还是期待有时能过一过本来的固定生活。看着他这件事变得越来越难，而她能够用自己的方式承受一定量的痛苦——就像有毒瘾的人有时会在海洛因用光很久之后单靠扎针获得快感。她的脸奇怪地并不显得沧桑，至少不像大部分其他女孩看起来那样艰苦。现在只剩下艾尔的戒指造成的伤痕，这伤痕正在她的脸颊和眼睛下方进入最后的结疤期。大红色的口红涂得很重，再涂上双层的睫毛膏，这一次她的整个妆都化得有点过火。清晰的分界可以压倒细细的线。作为一个入行已久的女演员，现在她正在为一群永远不会看这表演的观众演出，但她并没有意识到这一点。出于习惯，她关掉房间里的灯，但随即又打开，因为她想起他会用这间房来为他自己的凶险夜晚更衣。就在这一刻，她瞥见镜子里有一个妓女和一个女孩。她不敢想如果她不必去工作的话，她会变成什么样子。

"我会两三点钟左右回家。如果你那时已经回来了，我们可以看看电视或者做点什么。"她俯下身吻他，"我猜我的意思是，当我到家时希望你在家。但不管怎么样，无论你去做什么，"说到这里她挑了挑眉毛，"请务必小心。"

"别担心我，莎拉。你知道的，上帝会眷顾我这类人。"他小声笑着，无法断言这古训到底是荒谬还是显而易见的，"说真的，我对这事的感觉里有百分之九十九都是在关心你好不好。其他的……我猜只是以前的那种分离焦虑而已。我会想你的。"

她以一句"回头见"总结她的吻别，然后打开门。

"也许我应该跟着你，找一个你的客人问问和你睡觉是什么感觉。"他心情愉快地说。

"他们不会知道的。也许什么时候你应该问问我，我会乐于向你展示的。"她朝他抛过去一个小媚眼，然后在衣服上的亮片一闪光后走了。

"干，"他大声自言自语，"这个女生显然很性感嘛！"他突然觉得这句话很好玩，便大声地在厨房里独自笑了起来，直到突如其来的咳嗽让他停止。他在洗涤盘里吐了起来。

然而稍后，当他收拾完毕穿戴整齐，又补上了之前吐在洗涤盘里的酒之后，他又开始大笑起来。他在黑暗的天空下一边大笑一边摇摇晃晃地走到了街上，跌倒又站起来，再次跌跌撞撞地前进。

*　　*　　*

在这么晚的晚期，大峡谷没引起他们太大兴趣：它作为景点不怎么够格，和古迹又扯不上关系，也不是人类智慧所打造。不过，那个在大洞底部缓缓流动的米德湖则是世人在尘嚣中的一则涂鸦，一件因为无聊和不满足而产生的副产品。[①] 班恩和莎拉奔跑着踏入了水中，水花四溅。虽然湖底岩石磊磊（它一度是沙漠并至今拒绝接受自己的新角色），但冰凉的湖水却比任何东西都好，比任何水都舒服：这是你生活的地方，因为这是你建造的东西。

在他们身后九十米处，是一辆被阳光烤炙的红色租赁车。三十英里外是拉斯维加斯，十四小时前，莎拉在那里接完了她和班恩在一起后首个接客晚上的最后一位客人。她满身疲惫地回到家里，但她和班恩都情绪高涨，就像一点点调整最终落在了一部人人认为运转顺畅的机器上，带来了叫人高兴但本来意想不到的改进。一片失而复得的土地，一颗掷出的骰子：几乎没有任何事发生，但还是有事发生了。莎拉这一晚按照自己的要价赚了不少钱，想要挥霍掉一些。班恩一口答应。

"我们到郊外走走吧。"他说，"我们可以租一辆车去大

---

① 米德湖是建造胡佛水坝后形成的人工湖。

坝或之类的。不远的就行，在你还没有察觉的时候就已经去完。住一家有泳池的廉价汽车旅馆。出城玩一晚上。你怎样看？"看见她点头，他眉开眼笑，蹦蹦跳跳地到厨房去拿啤酒，兴致高得有点让人不解。

现在，他游到她旁边（暗暗有点上气不接下气），寻找一个水深较浅之处。稍微调整了一下后，他说："所以我们今晚会住在博尔德市啰？"

"那里没有赌博，没有赌场。"她说，"我想那里的人不会喝一整晚酒不睡觉。"

"我知道，我们可以去看电影，然后再去酒吧，会打烊的那种，不去听老虎机的声音。"

"这听起来一点都不像你。"她笑着说，"好吧，我们走吧。我想早点去那里开个房间，免得晚了不好游泳。我想在真正的泳池里游泳。"

"这里是真正的泳池。"他说，朝她泼水。

他们在博尔德市找到了一家很不错的小汽车旅馆，有泳池的。因为大部分住客都不是短住，所以旅馆提供小厨房和周租的选项，但莎拉和班恩两者都没有选。他们最后选了办公室后面一个由储藏室改装的房间，但不是因为它收费较低，而是觉得它的地板和墙壁的设计很特别。它是那种可以在设计得很古怪的建筑里见到的地方，就像是被其他刻意设计部分包围的剩下部分。莎拉很快换上泳装，跑到泳池去享受最后的阳光。班恩还是穿那条在米德湖穿的短裤，那是在药妆店新买的。他拆开在同一家店买的酒，小心翼翼地把床头柜布置成一个吧台：两瓶五分之一加仑装的波本，伏特加和龙舌兰各一瓶。他装满冰桶，在一个米德湖纪念玻璃杯里给莎拉倒了满满一杯的龙舌兰加橘子汽水，给自己拿了一瓶"威凤凰"，走出泳池找她去。

"我错过了阳光最好的时候。"她嘟着嘴不高兴地说，"你为什么要把表当了！"

"当然是因为我不知道会带你来博尔德市游泳。莎拉，你是说你需要看表来判断太阳的位置吗？你一定是在开玩笑！我们一整天都在沙漠里开车，你只要抬头看看就知道太阳还剩多少了。"他把她的酒递给她，一屁股坐到她旁边的柳条椅里面，但坐得太猛，失去了重心。

"那对我没用，我需要知道时间才能判断什么时候阳光最好。"

"不对，事实上你需要先知道太阳在哪儿才能判断时间。"

她对这句深奥的话皱起了眉，然后，她想通了他的意思，大笑着说："醒醒吧，醉人！如果太阳明天燃烧殆尽而我们又不知怎的还活着，时间将不会停止。退房时间仍将是早上十一点。"

"别鬼扯。"他说，往嘴里灌了些波本。他很享受最近开始的这种熟悉斗嘴，享受这种和他们本身无关的外在话题。

"给我尝尝。"她伸手指着那瓶"威凤凰"说。

他把酒递给她，赞赏地看着她轻松地咽下一大口。她把瓶子还给他，然后向饱经风吹日晒的跳板走去。跳板因为不习惯被成年女性重压，发出嘎吱嘎吱的抗议声。她蹦跳着走到尽头，感受到跳板的不情愿弹动。她决定不管跳板情不情愿，都要坚持到底。像女人们会做的那样，她猛一拉两腿间上卷的泳衣部分，带着天生运动员的优雅向上一跳，跃入了水中。当她浮出水面时，班恩高举酒瓶向她致敬，然后从瓶口喝了一大口。她走回他身边，俯身亲吻他，将冰冷的水滴滴到了他的胸膛上。

透过她的呼气，他可以闻到她刚喝下的波本的味道。那和他自己刚喝下的一大口波本味道不同，但相得益彰。他站起来打算展示自己的跳水技术，但随即滑倒在湿漉漉的水泥地上。因为缺乏平衡的能力，每次他一打滑总是注定要摔倒，这次就是如此。这是狠狠的一摔，他身体一部分撞在椅子上，让一开始就不太牢靠的椅子在他的撞击下四分五裂。他身体另一部分撞在放着莎拉酒杯的那张小桌子上。杯子和他手上的瓶子应声碎裂，让沾了波本和龙舌兰的飞弹四射，大部分飞进了泳池里。被地上的水稀释了的血在他身下朝各个方向流淌。莎拉见状大惊，抓起自己的毛巾跪在了他身边。他坐了起来，胸部和手臂上插着碎玻璃，疑惑地向着莎拉微笑。

"我想我最好还是进去小睡一下。"他说道，但实际上想的是去床头柜拿冰桶旁边的另一瓶波本。

"你受伤了。"她已经学会先把担心放到一旁，直接处理状况。

"我会小心的。你应该能应付这个。"他说，指一指眼前的一片狼藉。他稳步走向房间，为自己日益增多的割伤、瘀青和伤疤感到自豪。

柜台职员拿着扫把和簸箕走到莎拉旁边。"大家都没事吧？"他愉快地问道。

"对，没事。"她说，"不用担心，我们会赔椅子的钱。我会把这里收拾干净，还有泳池也是。"她无法不注意到对方的愉快神情和他无视她的出力提议径自弯下腰来收拾的举动。"你看来对这种意外事故早有心理准备。"

他抬头看她，仍然满脸堆笑。"是的，我们这儿经常发生各种乱七八糟的事。现在你们两个带着你们的酒和大嗓门回你们的房间去，明天结账后我再也不想看到你们。事情就这样了，我不需要你们赔椅子的钱，也不想让这堆玻璃割伤你美丽的手。咱们明早见。"他坚定地点点头后又开始收拾起来，表示对话已经结束。

"他们对我们不高兴，"莎拉走进房间时说道，"要罚我们待在房间里。"她给自己倒了一杯酒，上床挨着他坐下，"你还好吗？有什么大伤口吗？"

他咽了一口塑料杯里的酒，胸口上贴着十几片血渍已经在上面凝固的纸巾小块。"我想必是不可摧毁的。这东西被稀释之后还能凝结①，太让人惊讶了。不管怎么样。我不能拿最后一瓶酒冒险，我把它放在离我十英尺的地方，用这个喝酒。"他举起了塑料杯，"我们走的时候得去买点'威凤凰'。我想把伏特加留在早餐喝。"他又啜了一口，然后放松地靠在枕头上，上下打量她。

她还穿着泳装。她是这么让人想要，她的身材是如此标致，让他被深深迷住。他一次又一次地告诉自己，他们很快就会做爱：这当然是她一直暗示于他的，他只要开个头就好。但他对自己有更多了解。他知道自己几乎再也挤不出精力来在床上滚来滚去，他对运动机能的驾驭能力已经全部消失。这些天他至少要喝下五分之一加仑装的伏特加才勉强能支撑自己受损的神经，从床上站起来，而有一半时间，当他终于喝到能够舒服地站起来时，他已经根本站不起来了。他知道她一定曾暗暗下定决心，否则她不会没有因为他不上床而和他吵架，不会没有因为他的任何事而和他吵架。甚至当考验变得更加严酷，当她必须去到自己想都没想过会去到的地步时，她仍然忠于自我。他想，她没有看不出来暗含的条款：没什么能阻止我喝酒。这条款是连他自己都不再有能力

---

① 指血液在被酒精稀释之后还能凝结。

否决的黄金律。

但这种暗示她胆怯的想法贬低了她，贬低了她一直在延长的自私的无私的崇高行为，贬低了她人性中最根本的孤独，贬低了她对已显现的能够缓和这种情况的条件的了解和接受。莎拉并没有按照任何协议而活，她只是单纯地活着。是班恩让她复得这个的，而协议就存在于其中。

她高兴地看到他睡着了，因为她觉得自己马上就要追问他的健康情形了，而这是一件她宁愿不那么了解的事情：她从观察就知道得够多的了。等他醒了，他们会再有一番欢笑。这是他拿手的。她重新把酒满上，打开了电视。躺在他身边，她觉得自己有点醉了，也因此觉得一部情景喜剧有趣，轻笑了起来。

* * *

地面上一点小小的震动——可能是真实的也可能是想象的——把班恩从梦见洛杉矶的梦中拉了回来，让他从两天前自博尔德市回来后的第一次长长小睡中醒了过来。不过，这小睡有点时间过长，所以在床上坐起来的时候，他意识到如果他不想让迫在眉睫的酒瘾症状控制他的身体，就必须迅速行动。当他跌跌撞撞地走向厨房拿伏特加时，他的手已经在剧烈地抖动。莎拉站在灶台旁。

"嗨。"她说，亲了亲他汗津津的脸颊。她意识到他的情况不太好，转身继续做饭去。这是她觉得太担心，不忍看下去的时候会有的反应。"你八成不想听这个，但我买了些白米。我觉得你也许吃得下一些。所以如果你待会儿饿了就告诉我，我来给你煮一些。"她笑着转过身来，一只手叉腰，模仿家庭主妇的角色。

"好的，"他口齿不清地说，"我要去淋浴了。"他又跌跌撞撞地走回房间，两只手各拿着一瓶五分之一加仑装的伏特加。

这天下午天空多云，是拉斯维加斯所少见的，散射的阳光因为浴室半透明的小窗户而变得更加黯淡了。他的手心出了太多汗，连伏特加的瓶子都握不牢，但两只手同用让他喝得到酒，再平安无事地把瓶子放下来。他伏在洗脸盘上方，双手抓着冰冷的瓷砖，立刻吐了出来。虽然他知道自己仍然会吐，但还是又试了一次。要在打开第二瓶酒之后，他才能把一些酒留在胃里。五分钟后，他可以站得稳一点了，便很快地冲了个澡，中间还小心翼翼抓准喝酒的时间。进了浴室三十分钟后，他拿着两个空酒瓶走出来，感觉终于好了点，能张嘴笑笑了，同时也准备好正式喝一天中的第一杯酒了。

他看到她仍旧待在厨房里，便说："我觉得我准备好吃米饭了。"

他穿戴整齐坐在厨桌处，轮流喝着一罐啤酒和一杯波本。她把一碗米饭放在他面前，他顺从地吃了起来。她自己碗里的东西要复杂一些，包括了蔬菜和酱油，但她始终没有开动。两个人都一言不发，寂静中只偶尔听见经过的汽车声。

"你病得很严重，"她脱口而出说，"你打算怎么办？"她等着他回应，但得到的只是一瞪，"我希望你去看医生。"她双手抱胸，继续和他四目相视。

"莎拉，"他若有所思地开口说，"我们从来没好好谈过这件事……唔，我是说……"他结结巴巴，想在脑海里搜寻一个听起来能稍微被接受的解释，"莎拉，我不打算去看医生。"然后，就像他从一开始就准备好的那样，他决定烧断最后的桥梁。他说："也许我该搬去酒店住了。"

"去做什么，烂在房间里吗！我们要谈的不是这个！我不会和你谈这个！去你妈的！你就待在这儿。你不会搬到酒店去。就这件事！你可以为我做的就这件事。我在这里给了你很多自由，你可以为我做这件事。"她已经勃然大怒。她身体前倾，就像在说出最后的论据那样，说道："让我们面对现实吧。你病得这么重，我八成是让你活下去的唯一理由。"

尽管班恩没有回应，他不得不同意这是事实。

* * *

那天晚上，他在赌城大道上徘徊，异常有违他本来也许还拥有的理智，赌了一把两百块钱的花旗骰，还赢了。收筹码的时候，他同时瞥见一个长腿的艳舞女郎、感受到刚喝下的一杯双份波本酒力发作和老二硬了起来。他马上坐出租车回家，一个无法压抑的想法浮上了脑海，欲火在他的胯部焚烧。

随着出租车——整个宇宙——席卷着他朝他的床飞速而去，他什么都不想思考，一心只想闻到和感觉到酒和女阴的滋味。莎拉出去干活了，要一个多小时后才会回来。这也许会是个好玩的主意，他想，没喝准的一大口波本顺着他的下巴往下流。出租车到了，班恩把扁酒壶放回口袋，付了车费，踉踉跄跄地往公寓走去。

他翻动报纸，从后头选了一则四分之一页的广告。广告中，一个手绘的小姐趴在地上建议说：在拉斯维加斯不要孤单一人。他拨了电话，给出了公寓的地址。含含糊糊地要求尽快到达，并且明确要求派一个"有多项用途"的小姐过来。一挂电话他就后悔不该说了最后那句毫不拐弯抹角的话，只希望不会传到当事人耳里。

事实证明，敲门的那个小姐看来不是那种会在乎班恩用什么语言描述她的人。大块头和大胸脯，戴着一顶假金发，一副完全公事公办的态度，她径直从班恩身旁走过，好奇地打量屋子。

"我得打电话告诉他们我到了，然后我们就可以谈谈了。还得先给我一百块头款。那是服务费，而且我还得告诉他们你已经付了这一百块钱，否则他们就会要我离开。"她说。

他唯命是从地拿出一百块钱交给她，然后指指电话的所在。在她打电话的时候，他给自己倒了一杯波本，拿着这杯酒和酒瓶进卧室去。等他回来的时候，她已经打完电话了。

"我需要，"他模仿她的口气带着浓浓的醉意说，"我需要操你一个小时。"他醉眼蒙眬地对自己刚刚提出的有吸引力的提议感到满意。他跌坐在一张椅子里，双手抱胸，咧嘴笑着。

"净打炮是两百，但我怀疑你能够保持一个小时的清醒。"

"田（舔）你的下面要多少钱？"他口齿不清地问。

"抱歉，"她说，为能够有这个拒绝他一些什么要求的机会感到高兴，"只有男朋友有那样的权限。"

他现在连稍微争辩一下的力气都没有，所以把话吞了回去，只是还是感觉失望。他又给了她三百块。"小费先付。床在这里。"

莎拉打开灯走进卧室时，那个妓女正在他上面，怀疑他已经睡着了（因为她感觉他的鸡巴在她的下体里渐渐缩小）。他确实就要睡着了。这种场面让莎拉畏缩，但她马上夺回了她的镇静。在她的预期凝视下，妓女一刻都没停地从班恩身上爬下来，穿上衣服，静静地从莎拉身边走过，走出了前门。莎拉看着班恩，眼里泛出泪水。

"我是有底线的。"她说。

"对，"他说，稍微酒醒了一些，"我想我知道。"

她扔下手袋，倒在了墙上，然后向下滑，坐定在了地板上，静静垂泪。

然后他像领奖一样说："也许在另找一间房间之前我可以在沙发上倒头大睡几个小时。"他拿着酒瓶走到外面的沙发上去。他没有听到她说一句话，只有房门关上的声音。

*   *   *

虽然已经是正午时分，但充斥着浓稠酒味和萎靡气息的房间里还是一片漆黑。她缩着身体从他背后钻过去——他光着身子应门，应门后又往床走去。他们已经十二天没见过面：从那天早上他离开她的公寓到一个小时前他打电话找她过来，整整是十二天。

"班恩。"她说，坐到了床上。但那一幕依旧在脑海里挥之不去，太过不堪入目，让她失去了语言。她摸了摸他满是汗水的额头。"你离开之后就一直待在这里吗？气味好糟糕。房间真黑。"她向前探身，打开了床头灯，被他的样子吓了一大跳，"啊，班恩，你看来病得很重，你好苍白。你在这儿等着。"她起身到浴室去弄湿一块毛巾，要给他擦脸。

"我想见你。"他说。他醉得很厉害，事实上，他已经不只是醉酒了。他不停地咳嗽，大口大口地喘气，有时还因为痰堵住喉咙而喘不上气来。他断断续续的话让人难以理解，甚至有时连听都听不清。"……给你打电话想见你。"几次失败之后，他终于坐了起来，从被子下面抄出一瓶酒，发自本能地喝了起来。

莎拉此时正在走出浴室。她停下来看着他，对他这流畅的动作感到震惊：他什么事都干不了，甚至连呼吸亦有困难，却似乎有一种力量引导他的手精确完成这个单一的任务。她重新坐在床上，给他擦额头上的汗水和脸上的脏东西——他依稀笑了一下作为回应，然后盯着房间对面拉起来的窗帘看了起来。

"对不起，我不该做出那种让我们分开的事情。"他说，双眼涌上了泪水，又拿起瓶子喝了一口。

感觉距离她的痛苦的源头太近了，她走到窗前，拉开了碎花窗帘。外面有一个阳台，于是她打开玻璃门坐了下来，身体一半在里面，一半在外面，朝赌城大道和沙漠看去。但过了一会儿，从床上传来的有节奏的吱嘎声加入了远处的车声和风声中。她转过身，看到他把被子扔到了一边，正在疯狂地自渎。她回到床边，但他好像并不知道她在这儿。泪水在他的两颊奔流而下。

"为什么不让我帮你做这个？"她说，把双手覆盖在他的手上。

他默默抽回他的手，抓住她的大腿。她温柔地接管了过来，动作熟练。终于（她不知道过了多久，因为她的手不知疲倦，她的心情感满溢）他射了出来。她趴倒在他身旁，两个人进入了各自的梦中。

她被喘粗气的声音惊醒。他频繁的肌肉抽搐又一次发作，让床摇晃起来。她发现他眨着眼凝视一片漆黑的窗外。

"班恩，"她说，"你想要我帮你吗？"

他模模糊糊地说了个不字，又开始在床上找他的酒瓶。她不忍再看到他喝酒的样子，于是站起来，走到了打开的窗前。

（他们在一起之后的第二个晚上，她瞥见他在厨房里的样子，觉得难以置信。当时他正在灌一瓶酒，身体姿势扭曲，脸部剧烈抽搐。

他痛苦地颤抖着，紧闭双眼。过了一会儿后，他睁开双眼，看到了她。"啊，对不起。"他说，尴尬地笑了笑，红着脸转过身去，希望这样她会走开，并永远不提这事情。

她始终没有提起。）

警笛声在赌城大道上划过，红色灯光闪烁着。在这个生机勃勃并因此危险丛生之地，这是一种罕见得出奇的景象。当声音安静下来之后，取而代之的是空无——空无。

（"太让人惊讶了。"他说，深感动容，"你是谁？是某个从我一个酩酊幻想中跑出来看我的天使吗？你怎么会这么老？"

她在枕头上扭过头去，对着墙说："我不知道你在说什么。我只是在利用你。我需要你。我们能别再谈这件事吗？求你了，一个字都别提了，好吗？"）

突然间，她感觉到房间里一片真空，感觉到这房间被解脱和悲伤吓得惊呆，被现实压得筋疲力尽。早在转身看到他静止不动的身体前，她就知道他已经走了。

（"安静，"他说，用手盖住她嘴巴，"尽量别太为未来担心。"

但莎拉本来感觉不到未来，因为要直到那一刻——充满着他的话语和预言——她才知道将有什么事会发生。已经再清楚不过的是，他的人生比她的人生要深思熟虑得多，他懂得那个她办不到的大把戏。同样清楚不过的是，她将会在余生分分秒秒爱着他，一次又一次地爱上他。）

他没有了生命的躯体在酒店的床上慢慢变冷。它意识不到她的亲吻，这亲吻是从她的灵魂撕扯下来的，是命令她的嘴唇进行的最后行动，以此结束她在窗前望着他以死人眼睛望着天花板的那几个小时，并且给了她除了合上他双眼之外另一个触碰他的方式。他没有了生命的躯体意识不到她的眼睛，这双眼睛起初湿了，但后来变干并一直干着，就连呜咽声开始在她的喉咙中响起时也是如此——这呜咽声直到她在走出酒店时才被赌场的喧嚣声淹没。当他没有了生命的躯体漫游回到她的公寓时，它意识不到她的床，那是她生命真相之所在。她脱下衣服，刷了牙，在黑暗中清醒地躺着。

（京权）图字：01-2023-3664

图书在版编目（CIP）数据

离开拉斯维加斯／（美）约翰·奥布莱恩（John O'Brien）著；梁永安译 . -- 北京：作家出版社，2023.10

ISBN 978 - 7 - 5212 - 2401 - 6

Ⅰ.①离… Ⅱ.①约… ②梁… Ⅲ.①长篇小说 - 美国 - 现代 Ⅳ.①I712.45

中国国家版本馆 CIP 数据核字（2023）第 146366 号

Leaving las vegas by John O'Brien
Copyright©1990 by John O'Brien
Copyright licensed by Grove/Atlantic,Inc.
This translation published by arrangement with Andrew Nurnberg Associates International limited.
Simplified Chinese Edition Copyright©2023 by The Writers Publishing House Co., Ltd
All rights reserved.

离开拉斯维加斯

作　　者：（美）约翰·奥布莱恩
译　　者：梁永安
责任编辑：赵　超
封面设计：吴元瑛
出版发行：作家出版社有限公司
社　　址：北京农展馆南里 10 号　　　　邮　　编：100125
电话传真：86 - 10 - 65067186（发行中心及邮购部）
　　　　　86 - 10 - 65004079（总编室）
E - mail: zuojia@zuojia. net. cn
http: // www. zuojiachubanshe. com
印　　刷：北京新华印刷有限公司
成品尺寸：130 × 185
字　　数：126 千
印　　张：7.125
版　　次：2023 年 10 月第 1 版
印　　次：2023 年 10 月第 1 次印刷
ISBN 978 - 7 - 5212 - 2401 - 6
定　　价：48.00 元